風塵の剣 (一)

稲葉 稔

角川文庫 17814

JN286858

目次

第一章　脱出　七
第二章　養子　四一
第三章　江戸　一〇六
第四章　船宿　一五三
第五章　暗殺　二〇〇
第六章　奇策　二四一
解説　細谷正充　二八四

多くの人は、その時代を懸命に生きつつも、結局はその時代のなかに埋もれてしまう。

後世に名を残すのは、ごく一握りの人でしかない。しかし、それも時間の経過とともにいつしか人々の記憶から消えてしまう運命にある。

この物語の主人公もそのような人間だった。

しかし、その主人公は時代の潮流にもまれながら、宿命というべき自らの人生と真摯《しんし》に向きあい苦しみ、そして必死に戦い、一国の運命を変えたのであった。

第一章　脱出

一

天明《てんめい》三年（一七八三）七月七日——

浅間山《あさまやま》は四月ごろより噴煙をあげ、ときおり地鳴りのような不気味な音を立てつづけていたが、ついにこの夜、轟音《ごうおん》が夜のしじまを突き破り、火柱を天高く立ち昇らせ、あっという間に黒煙がきれいな満天の星空をおおいつくした。

大地は鳴動し、山は獣のような咆哮《ほうこう》をあげつづけ、噴出する赤い火玉を周辺にまき散らした。深夜になると、山頂からどろどろとした赤や黄金色に見える溶岩が麓《ふもと》に流れはじめた。

恐怖に陥った付近の住民は、大八車に家財道具をのせ、子供の手を引いたり背中に負ぶったりして逃げた。なかには取るものも取りあえず裸足《はだし》で逃げだす者もいた。

地鳴りをひびかせ、咆哮する山は灰を降らし、溶岩は濁流となって森や畑を呑《の》み込み、ついには民家を抱き込むように破壊していった。

夜は白々と明けはしたが、空は黒い灰に蓋《ふた》をされていたので、まるで闇夜と同じであり、家のなかでは行灯《あんどん》をつけなければならないほどであった。

泥押しと呼ばれる溶岩流は、火山灰とともに吾妻《あがつま》川に流れ、麓の村を押しつぶしていった。また、泥押しは川を堰《せ》き止め、流域は洪水となった。その間にも天を衝《つ》くような火柱が噴きあがりつづけた。

碓氷峠《うすいとうげ》には五尺の火山灰が積もり、家の軒端を遮断してしまった。火山灰は三十余里四方まで達し、二尺から三尺堆積《たいせき》した。このために人馬の通路がなくなり、上り下りの大名、旅人、行商人らの足を止めた。

この噴火による死者は、二千四百人を超えた。後日、近くの代官所に、被害にあった村で一万六千六八一石、幕府領と旗本領で五千三七八石の損失が出、倒壊したり流失した家が一千八十二軒という届けがあった。

火山灰の降下は上州《じょうしゅう》一帯にとどまらず、信濃《しなの》方面にも相当の被害をもたらし、江戸にも約一寸の灰が積もった。

この大噴火の日に、ひとりの男の子が誕生した。

河遠藩《かわとおはん》の勘定方を務める小早川仁之助《こばやかわじんのすけ》と、妻・清《きよ》の間にできた第一子であった。

「名は彦蔵《ひこぞう》……」

仁之助のつけた幼名であった。

「よい名です」

清もその名が気に入ったらしく、仁之助が半紙に書いた「彦蔵」という文字を読み、嬉《うれ》しそうに微笑み、胸に抱いた乳飲み子に、

「彦蔵……あなたの名でございますよ。立派な人に育つのですよ」

と、語りかけた。

彦蔵は黒くすんだ瞳《ひとみ》で両親を見ると、小さな手を動かしてふくよかな頰をほころばせた。

仁之助が仕えている河遠藩は大井《おおい》川上流にある小さな国で城はなく、陣屋が大井川の断崖《だんがい》に建てられていた。

国は東に身延山《みのぶさん》を背負い、西には峨々《がが》たる稜線《りょうせん》を描く赤石《あかいし》山脈が聳《そび》えるという深山に囲まれていて、田畑は大井川の流域沿いと、その支流になる渓流沿いにあったが決して肥沃《ひよく》とはいえず、またその土地も狭く少なかった。領内石高は一万八千石であるが、実際はそれよりずっと低かった。

そのために藩主・成瀬《なるせ》隼人正《はやとのかみ》義嗣《よしつぐ》は、領民たちの年貢を引き上げることに腐心し、厳しい検地を実施するだけで農地の整備にはまったく関心がなかった。そもそも義嗣は、優柔不断で暗愚であり、人柄が軽薄であった。家臣から諫言《かんげん》を受けると、逆上して刀を抜くという騒動も起こしていた。

重臣のなかにはその無能さについてゆけず、見放して国を去った者もいた。勘定方の小早川仁之助は、藩財政の立てなおしをあれこれ模索し、いくつかの建議書を出してみたりもしたが、家老によってにぎりつぶされることがほとんどだった。

しかし、浅間山の噴火によって泣き寝入りできない状況に追い込まれていた。河遠藩は周囲を高い山に囲まれているおかげで、直接的な被害は受けなかったが、浅間山噴火以前から奥羽《おうう》方面の飢饉《ききん》の影響を受けており、藩財政は逼迫《ひっぱく》していた。

浅間山噴火から約半月後のことだった。

「仁之助、おるか」

胴間声が門口から聞こえてきたのは、仁之助が陣屋から帰宅してすぐのことだった。座敷で赤ん坊の彦蔵をあやしていた仁之助は、声を聞いただけですぐに誰だかわかり、

「市右衛門《いちえもん》、帰ってまいったか」

そう応じて、玄関へ迎えに立った。

真っ黒に日焼けした田中市右衛門は、編笠《あみがさ》を取るとすたすたと玄関までやってきて、にやりと笑った。

「子が生まれたそうだな。さっき、役所のそばで聞いたぞ」

「うむ、元気な男の子だ。彦蔵と名をつけた」

「彦蔵か。よい名ではないか。積もる話はあるが先に顔を拝ませてくれるか」

「もちろんだとも……」

仁之助は市右衛門の振り分け荷物を預かってから、表の道を見て「あれ？」と首をかしげた。供の者がいないのだ。

「なんだ、おぬしひとりでまいったのか。家来はいかがした？」

「先に帰した。それにおれはまだ役所に足は運んでおらぬ。ご家老に会う前に、おぬしに相談があるのだ」

足を拭《ふ》いていた市右衛門は雑巾《ぞうきん》を上がり框《がまち》に置いて、「どれどれ」といいながら赤子の泣き声のする座敷に向かった。

仁之助は市右衛門とは幼いころからの友垣で、出仕したのちも同じ勘定方に属しており、互いの家を往き来する気の置けない間柄であった。

清の乳をうまそうに吸う彦蔵を見る市右衛門は、

「お清さんによく似ている。目などはそっくりだ。ほれ、この口も……」

と、赤みのある彦蔵のつやつやとした頰をなでて顔をほころばした。

「長旅でお疲れでしょう。いまお茶を淹れますので……」

清が彦蔵をそっと夜具に寝かせてからいった。

「市右衛門、おぬしのいう積もる話とやらを早く聞かせてもらおうか」

仁之助が催促をすると、市右衛門は台所に立った清をちらりと見てから、

「大変なことになっておるぞ」

と、表情を曇らせた。

二

仁之助は清が茶を運んでくると、

「大事な話があるゆえ、そこの襖《ふすま》を閉めておけ」

と命じた。

清が去るまで仁之助と市右衛門は黙し、示し合わせたように二人で庭を眺めた。

市右衛門は藩命を受けて、三月前から江戸表に出張していた。目的は藩財政の立て

なおしのための金の工面であった。

　庭にある柿は実をつけてはいるが、まだ色づいてはいなかった。縁側に吊《つる》した風鈴が、ちりんちりんと川風に揺れて鳴った。庭の向こうに見える深緑の山々から蜩《ひぐらし》の声。

「大変なこととはいったいどういうことだ？」

　仁之助はすっかり清の気配が消えてから訊《たず》ねた。うむと、眉間《みけん》にしわを作った市右衛門は茶に口をつけてから話した。

「浅間山が火を噴いたというのは聞き及んでいるだろうな」

「うむ。大変なことになっているとは、それとなく耳にいたした。風聞であるからそれが正しいことなのかどうかはよくわからぬが……」

「信州と上州は滅びそうな気配だという」

「なにッ……」

「浅間山が火を噴いたことによって、田畑の作物はみな穫《と》れなくなったそうだ。米もないらしい。泥押しによって川が堰き止められ、洪水になっているともいう。江戸にも灰が積もってな。武蔵《むさし》国も被害にあっている。お上《かみ》は救いの手を差しのべてはいるが、はたしていかほどのことができるかよくわからぬ。江戸を発《た》つ前には、流人の姿を方々で見た。もちろん上州や信州あたりから逃げてきた者もいるだろうが、じつのところ奥州や羽州《うしゅう》からの流人が多いようだ」

「死人は？」

「信州と上州で死んだ者は二万を下らぬらしい」

ふうと、仁之助はため息をついた。

「なにゆえ天は災いをもたらすのだろうか……」

「まったくだ。だが、これで飢饉に拍車がかかるのは火を見るより明らか。数年来つづいている奥州と羽州の飢饉はひどくなるばかりだ。八戸《はちのへ》藩の者から話を聞くことができたのだが、城下のいたるところで行き倒れがあるらしい。いやいや、耳を塞《ふさ》ぎたくなることも聞いた」

市右衛門は八戸藩の家臣から聞いたことを、とつとつとした口調で話した。

米穀が欠乏し、売買が止まっていることや領民の逃散《ちょうさん》や一揆《いっき》が頻発していること。疫病がはやり、病気と飢餓で死ぬ者が多数いること。奥羽列藩は窮余の策で、米の買い入れを行っているが不首尾に終わっていること。

「ひどい里では、草の根もなくなっているという。食うものがなくなった領民のなかには牛や馬を食らい、それがいなくなったからと犬や猫を食う始末だという。そればかりではない。人肉を食っている者もいるそうな」

「人の肉を……」

仁之助はあまりの驚きに目をみはった。

「いかにも。草むらや道端には人骨がごろごろ転がっているそうだ。すべては天気による凶作が因《もと》になっているのだが、手の施しようがないらしい」

「そうはいっても、ただ手をこまねいているばかりではいかぬだろう」

「むろん、指をくわえて見ているだけではない。各藩は国許《くにもと》に米を回漕《かいそう》しているし、幕府も救い米の払い下げをやり、諸国にはお救い小屋を設けているようだ。しかしな、米があまりにも高直《こうじき》になっておるのだ」

「焼け石に水ということか……」

「ま、そのようなことだ」

市右衛門は消沈した顔で茶を飲んだ。

「それで、おぬしの相談とはなんだ？」

「此度《こたび》の江戸行きのことだ」

市右衛門の顔がこわばったので、仁之助は藩命を遂行できなかったのだなと推察した。

「うまくゆかなかったのか……」

「うむ。ありのままをご家老に告げればよいのだろうが、それはつまるところわしのしくじりでしかない」

「しくじりとは……」

仁之助はまっすぐ市右衛門を見た。

「わしがどんな用命を預っていたか、おぬしは知っておろう。……何もできなかったのだ。ご家老は一万両の金を用立ててこいと申された。江戸家老にも御留守居役にも力を貸してもらい、下げたくもない頭を下げての商家まわりだ。しかし、一万両を用立てるどころか返済を迫られてな」

市右衛門は悔しそうに唇を噛《か》んだ。

「それでいくら借りることができたのだ」

市右衛門は哀しそうな目で仁之助を見つめ返して、首をか弱く横に振った。

「まさか一千両も借りられなかったと申すのではあるまいな」

「じつはそうなのだ。千両どころか百両も、いや一文も用立てることができなかった」

仁之助は深いため息をついて、庭の向こうに見える山を見た。山の上にじっと動かない雲が浮かんでいた。河遠藩の負債は銀四万五千貫を超えていた。

藩中には「蓄えなしの借財造りの腕達者は誰ぞな」という、藩主・義嗣を揶揄《やゆ》する川柳があった。

「ありのままをご家老に告げれば、どうなるかわからぬ。此度のわしの江戸行きに、殿は大きな望みを託されていた。だが、わしは何もできなかった」

市右衛門は顔を青ざめさせていた。仁之助はその心中が手に取るようにわかった。期待を裏切られた藩主・成瀬義嗣の怒りを買うのは必至であろう。義嗣の性格を考えると、切腹を申しわたされるかもしれない。よもや、お叱り程度ではすまないはずだ。

「……なあ仁之助、わしはどうすればよい」

市右衛門がすがるような目を向けてきた。

仁之助はすぐに返答ができなかった。だが、目の前の親友の窮地をなんとか救おうと懸命に考えた。

日が翳《かげ》り、それまであかるかった部屋が急に暗くなった。気づけば一方の山も暗くなっている。しかし、それは長くつづかず、雲が払われてまた日が射した。

「しかたない。市右衛門、ありのままを話すしかなかろう」

市右衛門の眉《まゆ》が驚いたように吊《つ》りあがった。仁之助はつづけた。

「嘘をつくことはできぬ。殿にもよくわかっていただかねばならぬ。江戸にて八方手を尽くしたが、豪商らからは借金返済を迫られ、窮するしかなかったと言上するのだ」

「そんなことをいえば、手討ちにあうかもしれぬ」

「黙って聞くのだ。借金がいかほどあるか、ご家老も存じておられる。殿は知って知らぬふりをされているだけなのだ。そのことは明々白々。なにゆえ此度の金工面がむずかしかったかを、いまのようにおぬしが江戸で聞かされたことをしっかり話すのだ。そのうえで、望みはまだ断たれていないといえばよい」

「詭弁《きべん》を弄《ろう》せよと申すか」

「詭弁ではない。借金の申し込みは豪商のみだ。だが、諸国には裕福な大名家がある。つぎはその大名家に相談を持ちかけるのだ」

「……なるほど」

市右衛門は救われた顔になり、目を光らせた。

「西には裕福な国がある。また成瀬家と縁故のある大名もいる。それしか手がないのではないか」

「妙案ではあるが、そのように具申してみよう」

「おれも助はするし、いずれにしろご家老から話もあるはずだ」

「そのときは頼むぞ」

「おぬしを見捨てるおれではない。わかっておろうが……」

仁之助が口の端に笑みを浮かべると、市右衛門もようやく表情をやわらげ、

「やはりおぬしに会いに来てよかった」

と、やっと安堵《あんど》の吐息をついた。

三

翌年の五月のことだった。

金策を受け持っていた田中市右衛門は、仁之助のはたらきかけと知恵を駆使して、京・大坂の商人から一万両の金を工面することができた。あくまでもこれは借金であり、返すめどはなかったのだが、いかんともしがたいことであった。

しかしながら仁之助が、大きな衝撃を受けることが起きた。

市右衛門が切腹を申しわたされたのだ。藩主・義嗣からの命令で、その理由は、

「田中市右衛門は、西国の大名家に相談を持ちかけると申しておきながら、結句、金の工面は商人からであった」

ということだった。

つまり、藩主に嘘をついたので許せないというのである。

この知らせを受けた仁之助はおおいに慌てた。さっそく、国家老に会って市右衛門に非のないことを必死に言上したのだが、

「小早川、殿がお決めになったことだ。もはや何を申してもお聞きにならぬ」

と、家老・秋吉又右衛門《あきよしまたえもん》は苦悶《くもん》の表情を見せるのみだった。

仁之助はそれでも友に死を受け入れさせるわけにはいかないと思い、市右衛門の家に走った。どうせ死ぬのなら、脱藩させればいい。命があれば、またどこかで運をつかめるかもしれないと考えた。

陣屋から駆けに駆けて市右衛門の屋敷についたが、門はかたく閉じられていた。

「誰かおらぬか！　小早川だ。小早川仁之助だ！　頼もう、頼もう！」

仁之助は大声で呼ばわったが、家中の者は誰も出てこない。

仁之助はいやな胸騒ぎを覚え、塀をよじ上って屋敷内にはいると、玄関の戸を思い切り引き開けた。

「市右衛門、仁之助だ！　誰かおらぬのか！」

家は雨戸を閉め切ってあり、人のいる気配がなかった。

仁之助は勝手に座敷にあがりこみ、居間から客座敷をのぞき、市右衛門が日頃使っている書院にはいった。

襖《ふすま》を開けたとたん、仁之助ははっと息を吞《の》み、大きく目を見開いた。

白装束になった市右衛門は、すでに腹を切り、息絶えていたのだった。部屋には血の匂いが充満しており、市右衛門の座った畳はじっとりと血を吸っていた。

目の前に遺書があった。仁之助はそれを一読して、妻子を実家に帰し、雇っている中間《ちゅうげん》と下女に暇を出していることを知った。

「い、市右衛門……市右衛門……」

仁之助は声をふるわせて、冷たくなっている市右衛門の肩をしっかり抱きしめた。

「うぉー！」

慟哭《どうこく》は叫びとなって、仁之助の喉《のど》から迸《ほとばし》った。

仁之助は河遠藩の行く末を憂い、無能な藩主を恨むようになった。なんとか藩財政を立てなおしたいと知恵を絞り、貧しい領民の暮らしが少しでもよくならないものかと考えはするが、あえてそれを口にすることはなかった。

陣屋に出仕し、たんたんと仕事を片づけるのみだった。

口は禍《わざわい》の元――

余計なことをいわないのが藩で生きる術《すべ》だと割り切ったのだ。それは目に入れても痛くない彦蔵という一子があるからだったかもしれない。

仁之助は翌年六月に参勤となり、江戸詰めになった。江戸でも同じ勘定方に置かれたが、その主だったことは帳簿をつける算用仕事だった。

帳簿を見るたびにため息をつかなければならない。費《つい》えの多くは、藩主・成瀬義嗣の奢侈《しゃし》な暮らしにあった。台所事情は苦しいの一言に尽きるのだが、義嗣は遊興三昧《ざんまい》で、我ひとりがおもしろく楽しく生きていければよいという考えだった。

その性格は傍目《はため》とはちがい陰湿であり、気分屋であった。いま笑っていたかと思えば、たちまち形相を一変させ、側近の重臣らを大喝するのである。家臣の誰もがさわらぬ神に祟《たた》りなしの体をよそおい、へいこらと米搗き飛蝗《こめつばった》になっていた。

仁之助はそんな主君に失望するばかりだが、へつらうようなことはしたくなかった。自然、他人との交際を避けるようになった。

(我が藩には骨のある人はおらぬのか……)

ため息をついて思うことたびたびであった。江戸での暮らしは藩主とちがい慎《つつ》ましやかなものだったが、諸国の情勢がよくわかった。

（苦しいのは我が藩だけではないのだな）

奥羽諸国からはじまった飢饉《ききん》は、浅間山の噴火によって拍車がかかり、どこの藩も財政難に喘《あえ》いでいた。窮民救済の手は差しのべられてはいるが、一揆《いっき》や打ち壊し、逃散などが絶えず起き、世の中は暗く鬱屈《うっくつ》し騒然としていた。

しかしながら仁之助は江戸在府中に、一筋の光明を見いだしていた。

時の将軍は十代家治《いえはる》であったが、表舞台で政治手腕を発揮していたのは老中・田沼《たぬま》意次《おきつぐ》だった。仁之助は折にふれては、上役や知り合った幕臣らから田沼政治のやり方を伝え聞かされていた。

否定的なことをいう者もいたが、仁之助は田沼政治には大いに学ぶところがあると確信していた。

まず感心したのが、将軍の生活を切り詰めさせたということであった。将軍が個人的に使う金は、御納戸金と御賄金から供されるが、意次はこれを六割にまで切り詰めたというのである。

（我が国の当主にもそれができれば……）

仁之助はそう思わずにはいられなかった。

また、意次は税制改革に着手し、年貢主体から脱し、流通する商品に税をかけることを考えだして、商工業者に冥加金《みょうがきん》を課し、株仲間を作らせ独占権を与えていた。幕府の財政はこの冥加金から賄われるようになったのだ。

仁之助はこのようなことが河遠藩でも実施できれば、藩の立てなおしができるかもしれないし、領民たちの暮らしも少しはよくなるはずだと考えた。

翌年、参勤を終えて河遠藩に帰った仁之助は、暇があると領内を歩きまわった。彦蔵もすくすく育っており、四歳になっていたので、廻村《かいそん》に連れて行くこともあった。

また、彦蔵は好奇心が旺盛《おうせい》で、仁之助が江戸で買ってきた本を読んでいたりすると、それを横からのぞき込み、一生懸命に文字を覚えようとした。仁之助も微笑ましくなり読み書きを少しずつ教えてやった。

また、人付き合いを少なくした仁之助は、江戸で買った絵の具や絵筆を持ち帰っており、暇があると周囲の風景や野の草花を描いた。これにも彦蔵は興味を示し、ふと仁之助が気づくと、勝手に縁側で絵を描いていることがあった。

「ほう、なかなかおまえは素養があるようだな」

「ほんとうでございますか」

褒めてやると、彦蔵はさも嬉《うれ》しそうに黒くすんだ瞳《ひとみ》をきらきら輝かせて破顔した。

「ああ、ほんとうだ。彦、この国はいずれよくなる。おまえが大きくなるころにはきっと豊かな国になっている。父はそんな国を造りたいとひそかに考えている」

仁之助が唯一心を許して話せるのは、ひょっとしたら彦蔵だけだったかもしれない。

また、仁之助も妻の清も、彦蔵のことを縮めて「彦、彦」と呼んでいた。

「父上、きっとそうしてくださいませ。そうなれば、彦はもっと絵を描くことができますね」

「もちろんだとも。だが、学問をしなければならぬし、いずれ剣術も習わなければならぬな」

「彦は早く刀を持ちたいです」

元気よくいう彦蔵は、邪気のない顔を父・仁之助に向けて微笑んだ。

その年の暮れ、意を決した仁之助は、かねてより考えていたことを、ひとまとめにして国家老に建議書を提出した。それは、藩財政を立てなおし、領民の暮らしを好転させるための提案書であった。

しかし、これが運命を変えることになろうとは、仁之助は考えてもいなかった。

四

蟄居《ちっきょ》の沙汰《さた》を伝えられたのは、年が明けてしばらくした雪の日であった。

「なにゆえそのようなことを……」

「おぬしが暮れに出した建議書を殿がやっと読まれてな」

伝えに来たのは、仁之助の考えに賛同してくれた村木藤十郎《むらきとうじゅうろう》という同じ勘定方の組頭だった。村木は心苦しい顔に、憐憫《れんびん》の情を浮かべ、

「殿の怒りを買ったようなのだ。わしらもなんとかその怒りを静めようと四苦八苦したのだが、どうにもならなんだ。だが、いずれ蟄居も解けるときがくる。しばらく辛抱してくれ。切腹を申しわたされなかっただけましというものだ」

と、消沈したように肩を落とした。

「殿はなにゆえわかってくださらぬのです」

仁之助は膝《ひざ》に置いた手を強くにぎりしめた。

「何もかもこの国を思ってのことではございませぬか。村木様、そのことをなぜ殿はわかってくださらぬのです」

仁之助は膝をすって藤十郎に詰め寄った。

「それはわしにいわれても……」

藤十郎は苦しそうに首を振った。仁之助は深いため息をつくしかなかった。

建議書は練りに練った案で、無理のない経済の立てなおしだった。それは倹約の奨励、林業の推進、農地の整備改革、紙や蠟《ろう》、炭、薪《まき》、材木の生産を奨励すると同時に、これまで領民たちの負担になっていた年貢を軽減し、代わりに生産物に税をかけるというものだった。

「では、殿に何か秘策でもあると申されるのでございましょうか」

「それはわからぬ。だが、江戸家老もおぬしの考えによい顔をされておらぬのだ」

ぬぬっと、仁之助は唇を嚙《か》んだ。

藩は水面下で二つの派にわかれていた。藩主におもねる江戸家老・江藤政右衛門《えとうせいえもん》の派と、国家老・秋吉又右衛門の派であった。

秋吉は反体制派で、幾たびも成瀬義嗣に意見具申をして煙たがられていた。また、主君寄りの江戸家老・江藤は、秋吉との仲がよくなかった。

「ここは様子を見るしかない。長いものには巻かれろという言葉もある。おぬしのことはよくわかっているつもりだが、辛抱するしかない」

「しかし、このままでは……」

「小早川、ならぬ。いずれよいこともあろう。ここは我慢するしかない。それにあまり出すぎたことをすれば、蟄居だけではすまなくなるかもしれぬ。妻女や子のことを考えるならば、おとなしくしていることだ」

仁之助にはいいたいことが山ほどあった。しかし、それを藤十郎に話しても詮《せん》無いことである。だからといって、おとなしく引き下がっていればよいのかわからなかった。

藤十郎が帰って行くと、仁之助は妻の清に、これまで黙っていた自分の考えを打ちあけた。

「ご立派だと思います。だけれど、やはりここは堪《こら》えるしかないのではありませんか。わたしどもには彦がおります。あの子にもしものことがあれば……」

さかんに悔しがる仁之助に同情する清は、はらはらと涙をこぼした。

「この国を支えてきたのは民百姓ではないか。その者たちにこれからも苦しい思いをさせるのは忍びない。どうして殿はそのことをわかってくださらぬのだ。まるで鬼ではないか。この国の者たちは地獄に住んでいるようなものではないか。そうは思わぬか、清」

「わたしたちは不自由のない暮らしができております」

「たわけッ！」

仁之助は大喝した。

「己だけがよければそれでよいという考えならば、能のない殿と同じではないか。一国の主《あるじ》ならば、民のことを、民の暮らしがよくなることを考えるのが度量というものだ。己さえ享楽にあずかっていれば、他の者がどんなに苦しみ喘《あえ》いでいようとかまわぬというのであれば、それは人間ではない。人は人があって生きている。人の支えがあって生きている。上に立つ者は、支えている者たちのことを考えてやらねばならぬ。それが人の道だ。それが道理であろう。それでもわしの考えがまちがっていると申すか」

「いいえ、あなた様は何もまちがっておりませぬ」

仁之助はすっくと立ちあがると、縁側の障子をさっと開けた。

庭にはしんしんと雪が降り積もっており、周囲の山は真っ白におおわれていた。寒風が顔にあたってきたが、腹の底には煮えたぎる怒りがあった。

妻や子を守らなければならないという思いもあるが、しかし、それでほんとうによいのだろうかと、仁之助は葛藤《かっとう》した。

これ以上波風を立てず、静かに暮らしていれば、おそらく一生安泰だろうという思いはあった。安寧な暮らしも大事である。しかし、それには犠牲が伴う。犠牲は年貢に苦しんでいる領民たちである。

仁之助は廻村したおりに、百姓たちのひどい暮らしをつぶさに見ていた。襤褸《ぼろ》をまとい、食うや食わずで、痩《や》せた土地を耕し、明日への希望もなく、ただ苦しさに耐えていた。

陣屋の近くには市が立ってにぎわっているが、よくよく観察していると、誰もが我慢を強いられているのだとわかった。笑い顔を見ることもあったが、それには寂しい陰があった。満足な食事がとれないので、みんな痩せていたし、病弱である。

仁之助はそんな民百姓を、国の犠牲者だと思った。生きる犠牲者だと。その者たちを救うには何があるかと、考えた。そして、犠牲者を救うためには、誰かがその代表として犠牲になるべきではないかという思いに至った。

「わしはあきらめぬ」

障子を閉めてさっと振り返った仁之助は、黙って清を見つめた。

それから数日後に、使いを立てて一通の書状を役所に提出した。

返事はすぐにはなかった。

一日、また一日と過ぎ、春の日射しが降り積もった雪をとかし、梅の蕾《つぼみ》が見られるようになった。

「小早川いるか？　開けろ！　すぐに開けるのだ！」

激しく玄関の戸がたたかれ、慌てた声が聞こえてきた。

仁之助が応対に出ると、組頭の村木藤十郎だった。

「いかがされました」

「逃げろ。よいから黙って逃げろ」

藤十郎は息を切らしながら、かたい表情でいった。

「なにゆえ……」

「おぬしの胸に手をあてればわかることではないか。先だっておぬしの出した書状がよくなかったのだ。いや、もうこれ以上は何もいわぬ。さ、これを路銀の足しにしてくれ」

藤十郎は金包みを仁之助の手ににぎらせた。

「わしもここにいては身が危ない。もう行くが、目付らがおぬしを討ちにくる。いやおぬしだけではすまぬはずだ」

「なんですと……」

仁之助は目をみはった。

「まだ少しの余裕はある。いまのうちに逃げるのだ。命さえあれば、いずれどうにか身を立てられもしよう。さあ、わしは行く。達者で暮らせよ」

藤十郎は真っ赤にした目を仁之助に向けて、言葉を継いだ。

「何もおぬしの役に立てず、申しわけなかった。だが、この村木藤十郎、おぬしの意思は決して忘れぬ。いつかきっと役に立ててみせる。では、これで……」

そのまま藤十郎は、ぬかるむ雪解け道を去っていった。

五

藤十郎の忠告を受けた仁之助は、妻にそのことを話した。

「聞こえておりました」

「では、何もいうことはない。支度をしよう」

そういう仁之助の胸には、はかなさと虚《むな》しさ、そして悔しさが入り混じっていた。しかし、妻と彦蔵を守らなければならない。妻子を守る唯一の手段は、村木藤十郎の忠告どおり逃げることだった。

だが、清が必要最小限のものを風呂敷《ふろしき》に包んだとき、表からいくつもの足音が聞こえてきた。

仁之助と清は同時に体をかため、表に顔を向けた。

足音は徐々に近づいてきて、ついに門前で大勢の人間が立ち止まるのがわかった。

「清……」

仁之助は顔をこわばらせたまま妻を見、そして彦蔵を見た。

彦蔵も事態を呑《の》み込んでいるらしく、かたい表情のまま口を真一文字に引き結んでいた。

「清、彦。よいか、よく聞くのだ。ここはわたしひとりで防ぐ、おまえたちは逃げるのだ。裏の勝手から逃げて、生きのびろ。川沿いの道はすぐに追っ手が来るだろうから、裏山の尾根伝いにゆき峠を越えろ。峠さえ越えれば心配はいらぬ」

仁之助は二人のそばに行くと、両手を大きく広げ、妻と子をひっしと抱き、藤十郎からもらった金包みを清の懐に差し入れた。

「さあ、行くのだ」

清はうなずくと、彦蔵の手をつかんで勝手口に進んだ。

それを見た仁之助は刀掛けの刀をつかみ、玄関に行った。表に十数人の気配がある。

「小早川仁之助殿、藩命により成敗にまいった。そのわけは申すまでもなく、ご自身でおわかりのはず。先の進言は覚悟の上のことだったはず。もはや、いいわけは通用せぬ。小早川殿を一廉《ひとかど》の武士と尊敬奉り、無謀なことは慎みたい。おとなしく出てまいられよ」

聞き覚えのある声だった。竹末祐三郎《たけまつゆうざぶろう》という目付頭だった。

仁之助はぐっと奥歯を噛《か》むと、臍下《せいか》に力を入れ、一挙に玄関を引き開けようと戸に手をかけた。そのとき、清の悲痛な声が背後からした。

「あなた様」

振り返ると、彦蔵の手を引いた清がいまにも泣きそうな顔で、かぶりを振った。

「裏にも捕り方がいます。もう逃げられません」

仁之助は天をあおぐようにして、大きく嘆息した。それからキッと、目を厳しくして、

「おまえたちには手出しさせぬ。騒がずにじっとしておれ」

と、いいつけて戸を引き開けた。

門前に十数人の者がいた。刀を抜いている者もいれば、槍《やり》を持っている者もいる。鉢巻きに襷《たすき》がけ、手甲脚絆《きやはん》という物々しい身なりであった。

仁之助は後ろ手で戸を閉めると、静かに庭へ進み出た。

父の姿は真昼の白い光につつまれていた。その後ろ姿は雄々しく逞《たくま》しかった。彦蔵はカッと目をみはったまま父の背中を見ていた。その向こうに槍や刀を持った人の姿があった。だが、それは父が玄関の戸を閉めたことで、すぐに見えなくなった。

「母上……」

彦蔵は心細い声を漏らして清を見た。

「彦、座敷へおあがり」

いわれるまま彦蔵は母にしたがった。表から父の声が聞こえてきた。藩の政策をなじり、藩主の愚かさを非難していた。この国を救うために誰かが立ちあがらなければならないと訴えていた。

「……このままでは、この国は滅びゆく。それを黙って受け入れることはできない。国の力は民の力である。民の苦しさを少しでもわかるなら、まずは民百姓の暮らしをよくしなければならぬはず。年貢を取り立てるだけでは、国は成り立たない。みんな心の底ではうすうすわかっているはずだ。なぜ、自分を誤魔化そうとされる。正直になろうとしない。殿はまちがったことをいたされておる。そのことを気づかせるのは家臣の務め。その家臣を力で押さえつけるのであれば……」

「ええい、黙れ黙れッ！　往生際が悪うござる。小早川殿おとなしく縛につかれよ。申したいことがあれば、陣屋で存分に申し開きされるがよい」

それでも仁之助は口をつぐもうとしなかった。自分がどのようなことを進言したかを、事細かに説明しはじめたのだ。それは先に提出した建議書の説明であった。倹約や殖産興業の奨励などである。

そんなやり取りが行われている間に、彦蔵は母に押入にはいるようにいわれた。

「よいですか、そこの天井の板はすぐにあきます。そこにはいって隠れているのです。何があっても物音を立ててはなりませぬ。声を出してはなりませぬ。じっとしているのです」

「母上は……」

「わたしはここにいます」

「どうなるんです？」

「それは……わかりません。だけど彦、この先何があってもこのことは忘れないでもらいたい」

彦蔵は必死の形相で話す母の顔を、じっと見つめていた。表からは藩の目付らとやり取りをしている父の声が聞こえていた。

「小早川家はその昔は、太閤秀吉《たいこうひでよし》様にお仕えし、そののち大権現（家康）様にお仕えした大名でした。一国一城の主《あるじ》だったのです。父はその血を受け継がれた人。つまり、おまえもその血を継いでいるのです。大名家の血を継がれている父上は、他の人以上にこの国のことを考えておられたのです。何も悪いことはされていないのです。父上は正義を貫こうとされているだけです」

「…………」

彦蔵は母のいうことをなんとなく理解したが、すべてがわかったわけではなかった。ただ、いわれることを忘れまいと思い、必死に聞いていた。

「あなたは生きて生きのびるのです。生きていさえすればきっとよいことがあります。いずれこの国もよくなるときがあるはずです。だから、生きなさい。生き抜きなさい。わかりましたね」

彦蔵は長々と母の顔を見つめて、小さくうなずいた。そのとき、表で騒ぎが起き、人の入り乱れる物音が聞こえてきた。悲鳴や怒鳴り声が混じっていた。

はっとなった清は、

「彦、あの天井裏へ。それからこれを。早く……」

と、彦蔵に金包みを渡して早く隠れるように急《せ》かした。そのとき玄関の戸と雨戸が破られる音がした。

それと同時に、押入の戸がさっと閉められた。彦蔵は一瞬真っ暗闇のなかで孤立した。だが、すぐに目が慣れると、清にいわれたとおりに天井の隅の板を剝《は》がして、天井裏にあがった。剝がした板を元どおりにすると、少し先まで這《は》い進んで、そこでじっと身をかたくした。

細い隙間があり、そこから座敷の一部を見ることができた。

(母上……)

心中でつぶやいたとき、きらりと光る槍の切っ先が見えた。それが鋭く動き、直後、母の悲鳴がした。

彦蔵は息を吞《の》んで、ぎゅっと目を閉じた。それから再び目を開けて、隙間に目をつけると、胸を突かれ息絶えている母の姿が見えた。

彦蔵は瘧《おこり》にかかったようにふるえた。それでも物音を立てないように必死に神経を使った。いつしか表での騒ぎが終息していた。

彦蔵は父のことを思った。父がどうなったかもう想像するまでもなく、幼い彦蔵にもわかっていた。

やがて、藩の使いの者たちが家のなかにはいってきて、

「子供がいるはずだ。探せ」

といって、家のなかを歩きまわった。

「いないぞ。床下かもしれぬ」

男たちは床下を見たり、納戸を見たりしていた。彦蔵が天井に隠れる際に使った押入が開けられるのもわかった。

彦蔵はかたく拳《こぶし》をにぎりしめ、ふるえつづけていた。心の臓が激しく脈打ち、その鼓動は耳に聞こえるほどだった。

だが、男たちは彦蔵を探すのをあきらめ、やがて清を表に運び出していった。彦蔵は父がどうなったか知りたかった。だが、いま動けば、自分も殺されるのではないかという恐怖に襲われていた。

母はいった。生き抜きなさいと。

——生きて生きのびるのです。

彦蔵はそうしようと思った。死んでなるものか、殺されてなるものか。生きるんだと強く思った。

物音や人の声がすっかりしなくなっても、彦蔵は用心して動かなかった。彦蔵はど

れだけの時間、天井裏にひそんでいたか見当がつかなかった。半刻《はんとき》だったかもしれないし、一刻だったかもしれない。

天井裏から抜けだし、押入から座敷に出たとき、もうすっかり日が暮れていることに気づいた。

庭を見たが、そこには誰もいなかった。周囲の山はすっかり翳《かげ》っており、山の上に広がる空には衰えた日の光があるだけだった。

あたりを見まわした彦蔵は、父の言葉を思いだした。

——川沿いの道はすぐに追っ手が来るだろうから、裏山の尾根伝いにゆき峠を越えろ。峠さえ越えれば心配はいらぬ。

彦蔵は父の言葉にしたがうことにして、裏の山に分け入った。

第二章　養子

一

彦蔵は三日三晩、山のなかを彷徨《さまよ》いつづけた。

昼間は天気がよいと寒くなかったが、朝晩の冷え込みは厳しく、手足がかじかみぶるぶるとふるえて耐えるしかなかった。

それに不気味な鳥の声や獣の声がするたびに、びくっとなって警戒しなければならなかった。それよりも冷たい風と空気が体温を奪い、凍りつきそうになった。寒さをしのぐために彦蔵は落ち葉をかき集めて、そのなかにもぐって寝た。

二日目の晩に炭焼き小屋を見つけ、そこで過ごした。暖をとれたのはその一晩だけで、三日目も厳しい寒さと闘わなければならなかった。手はあかぎれ、足はしもやけで腫《は》れていた。顔も木の枝葉で傷つき、泥に汚れていた。

四日目の朝、小さなせせらぎで喉《のど》を潤すと、下方に見える渓谷におりていった。二山は越えていたが、自分が国境の峠を越えたのかどうか定かでなかった。

それでも、もう山のなかにいることに辛抱できなくなった。なにより腹が空《す》いていた。木の根や知らない木の実を口にしたが、腹は満たされなかった。

麓《ふもと》の村に行けばきっと食べ物があると信じて、山をおりつづけた。途中の岩棚で一休みして、まわりの景色を眺めた。自分の知っている風景ではなかった。

きっと峠は越えたのだと、勝手に思った。

彦蔵は母からもらった金包みを懐から出して眺めた。それは切餅《きりもち》で、一分銀が百枚はいっているのだった。彦蔵には金の値打ちがわからなかったが、それでもこの金でものが買えるというのは知っていた。

(お金があれば食べ物が買える)

彦蔵は広げた金を包みなおした。と、そのとき、数羽の隼《はやぶさ》が奇っ怪な鳴き声をあげて、目の前を急降下していった。それは目にも留まらぬ速さで、眼下の谷に降下したと思ったら、小さな鳥を見事捕まえた。

隼が餌を取るのを見たのは初めてだった。彦蔵は感動して、餌を取った隼の行方を追ったが、その姿は深い森のなかに消えて見えなくなった。

視線を手許《てもと》に戻したとき、片足が滑った。同時に膝《ひざ》の上に置いていた金がばらばらと岩棚から落ちていった。

「あっ」

慌てて手をのばしたが、つかんだのはわずかだった。残りの金はまるで岩の欠片《かけら》のように、崖下《がけした》に落ちて見えなくなった。そこは深い谷になっており、とても拾いに行けそうになかったし、果たして崖下におりて探せるかどうかもわからなかった。

彦蔵はそれでも拾いに行くべきだと思ったが、空腹を満たしたいという思いが強く、早く里に出ようと考えた。

山の途中で彦蔵は遠くに浮かびあがった山を見て、しばし呆然《ぼうぜん》となった。真っ白い雪におおわれた優美な山が、山脈の向こう遠くに浮かびあがったのだ。

彦蔵はあれがそうかと思った。父・仁之助が江戸参勤を終えて帰ってきたとき、その山の絵を買ってきていた。

「彦、これが天下一の山だ。富士山というのだ。どうだきれいだろう」

そう教えられたことがあった。しかしその山は夕焼けに染まっていて、冠雪していない赤富士であった。

（あれが富士山……）

しばし富士山に見入ってさらに下っていくと、今度はきらきらと銀色の輝きを放ちながら蛇行する川が見えた。

彦蔵はまさかと思って立ち止まった。山で迷っているうちに、生まれ故郷に戻ってきたのではないかと顔をこわばらせた。

しかし、さっき見た富士山のことを考えた。父に教えられたことがあった。

「富士山はこの国からは見えぬ。川を下って東海道という大きな街道に出るか、東に聳《そび》える山を越えなければ見えぬ。彦、いずれいっしょに富士山を見に行こう」

すると、あれはちがう川だと思い、少し安堵《あんど》した。それからまたしばらく山をおりたところで、足を止めた。両側から切れ込んだ山の間に、青々と広がる海が見えたのだ。

彦蔵が初めて見る海だった。駿河《するが》湾だった。

見えたのは海だけではなかった。麓に何軒かの家が見えたのだ。

彦蔵は人里を見たことで元気を取り戻した。それからは駆けるように山をおりた。麓に辿《たど》りつくと、細い野路を歩いた。人に出会うことはなかったが、それでも山のなかにいるより安心できた。

小さな地蔵堂があった。供え物があった。蜜柑《みかん》と里芋だった。腹の虫が鳴り、思わず手をのばしたが、蜜柑は腐っており、里芋は干からびていてとても食べられるものではなかった。

彦蔵は我知らず、深いため息をついてとぼとぼと歩きはじめた。小川に架かった土橋をわたると、畑が見られるようになった。この先に行けば家がある。そう思った彦蔵は足を速めた。

三町ほど行ったところに百姓家があった。山の上から見た村里にやっと辿りついたのだ。

一軒の家を訪ねたが、誰もいなかった。あきらめて、つぎの家を訪ねたが、また留守であった。戸が開いていたので、家のなかにはいって食べ物を探そうかと思ったが、すんでのところで我慢した。

「侍の子は人のものを盗んではなりません」

陣屋の近くの町屋に出かけ、乾物屋の干物を勝手につかんだときのことだった。母にぴしゃりと手をたたかれて、厳しく説教されたことがあった。

彦蔵はつぎの家に向かったが、そこも留守だった。空腹は限界に達し、体に力が入らなくなった。歩くのも億劫《おっくう》になり、道端にへたり込むと、そのまま気を失ってしまった。

松山辰兵衛《まつやまたつべえ》は腰をたたいて立ちあがると、大きく背伸びをした。一刻《いっとき》ほどしゃがんで蕗《ふき》の薹《とう》を摘んでいたのである。おかげで背負《しょ》い籠《かご》には蕗の薹が山盛りになっていた。

「さて、つぎは……」

籠を背負った辰兵衛は川沿いの畦道《あぜみち》を歩いた。日に日に陽気がよくなっており、畦道には蒲公英《たんぽぽ》や菫《すみれ》の花が、春の光を浴びてほころんでいた。土手には土筆《つくし》が顔を出してもいる。

しばらく行ったところで立ち止まった辰兵衛は、籠をおろし、腰の刀を置いて、川のなかにはいった。そこは富士川の支流で、辰兵衛は岩場にちょっとした仕掛けを施していた。

竹細工で作られた魚籠《びく》で、魚がはいると二度と出られないように返しがついていた。仕掛けは急流に流されないように、縄で岩場にくくりつけてあった。

辰兵衛はそれをゆっくりあげて、どれどれと楽しげにあらためたが、はいっていたのは沢蟹《さわがに》と泥鰌《どじょう》、そして四匹の山女《やまめ》だった。

「なんだ、これっぽっちか……」

辰兵衛のねらいは大きな岩魚《いわな》だった。

村人からこの渓流に一尺を超える岩魚が大量にいると聞いていたのだ。だが、仕掛けにかかった山女も捨てたものではない。

そのまま岸にあがって、背負い籠に入れて畦道を辿った。総髪の髪はぼうぼうとしており、無精ひげのままであった。ここしばらく髭《ひげ》もあたらず、髪も伸ばし放題である。

辰兵衛は畦道から村の道に出ると、そのまま南に下っていった。周囲には田畑があるが、荒れ放題である。なんの手入れもされておらず、また耕す百姓たちの姿も見られなかった。

みんな逃げたのだ。田や畑はここ数年の旱魃《かんばつ》と洪水の繰り返しで、ほとんど役に立たなくなっていた。さらに、浅間山の噴火で風に流されてきた灰が田畑に積もり、どうにも手のつけられない状態になっていた。

「うん……」

立ち止まったのは、小川に架かる土橋をわたってすぐのところだった。道端に子供が倒れていたのだ。

二

「おい、どうした」

近寄って声をかけたが、子供は返事もせずにぐったりしている。

「行き倒れか……」

しゃがみ込んで様子を見ると、死んではいない。肩を揺すってやると、子供はうっすらと目を開き、驚いたような顔をした。

無理もない。ぼうぼうの総髪にひげだらけの顔なのだ。着物はよれており、それに百姓のように籠を背負っている。それなのに腰に刀を差しているのである。

「どこから来た？」

子供はゆっくり立ちあがって警戒の目を向けてくる。

「これこれ、おれは悪者でない。どこから来たのだと聞いておるのだ」

子供はまわりの景色を見て、あっちと北のほうをさした。

「身延か……」

子供は首を振る。

「ならばもっと奥の鰍沢《かじかざわ》のほうか……」

また、子供は首を振った。

「ええい、それならどこから来たのだ。親はどうした？　家はどこだ？」

子供はうなだれて足許《あしもと》の地面を見た。

そんな様子を見た辰兵衛は、子供がひどい旅をしてきたのだと悟った。汚れた手足はあかぎれており、そうでないところはしもやけになっていた。草履《ぞうり》はすり切れ、ほとんど裸足《はだし》同然であるし、泥のつまった爪は黒くなっていた。

「親はいないのか……」

子供は力なくうなずき、東方の山を見た。子供は身延山を越えてきたのかもしれないと、辰兵衛は思った。

「どこへ行く？　行くあてはあるのか？」

子供はか弱くかぶりを振った。

辰兵衛はその様子をじっと見て、歩けるかと聞いた。子供はこくんとうなずいた。

「よし、ついてこい」

辰兵衛は富士川沿いの道に出ると、そのまま川沿いに半里ほど歩き、途中の渡し場で舟に乗って対岸にわたった。それからほどなく行った一軒の家に入った。

小さな藁葺《わらぶ》きの百姓家だった。家の主がいついなくなったのかわからないが、おそらく当分帰ってこないだろうと、辰兵衛は勝手に判断して自分のねぐらにしているのだった。

盥《たらい》に水を溜《た》めて、子供に手足を洗わせた。

子供は命ずるままにしたがったが、口を開こうとしない。うなずくか首を振るだけなのだ。

（こいつ口が利けぬのか……）

辰兵衛はそう思った。途中で年を聞くと、片手を広げた。五歳。

子供についてわかったのはそれだけだった。

子供は手足を洗ったが、十分ではなかった。辰兵衛は湯をわかして、体を拭《ふ》いてやり、そのあとであかぎれている手足に膏薬《こうやく》を塗ってやった。膏薬は切り傷から歯痛までなんにでも効くという万能薬であった。旅には必携の品で、辰兵衛は半分騙《だま》されたと思って買ったものだったが、それなりに重宝していた。

子供は甲斐甲斐《かいがい》しく面倒を見る辰兵衛に感激したのか、

「ありがとうございます」

と、消え入るような声を漏らした。

「なんだ、口が利けるではないか。それならそうとはっきりものをいえばいい。さ、これで少しはよくなるはずだ。着物は明日洗ってやるから、大きいがおれの寝間着を羽織っておけ」

そういって子供の着物を脱がせたとき、ばらばらと一分銀が畳に広がった。子供ははっと驚いた顔をしたが、

「これはおれが預かっておく。どうせ使い道はない」

辰兵衛は自分の懐に金をねじ込んだ。

「親からもらった路銀か？」

子供は辰兵衛をにらむように見ていた。

「怖い顔をするな。いずれ返してやる」

ぽんと子供の尻《しり》をたたくと、「ぐるるぅ……」と奇妙な音がした。辰兵衛は驚いたように子供の顔を見た。

「腹が減っているのだな」

子供はうんとうなずく。

「よし、いま飯を食わせてやる」

そういって台所に向かったが、すぐに子供を振り返った。

「いつから食っておらぬ？」

子供は小さく首をひねって指を三本立てた。

「なに、三日も食っておらぬのか。あきれたやつだ。それならまずは粥《かゆ》がよかろう」

辰兵衛は子供のために粥を作ってやった。粥には蕗《ふき》とナズナを混ぜていた。

「おい、名はなんという。そろそろ教えてくれてもよかろう」

辰兵衛は、湯気の立つ椀《わん》を、ふうふう吹きながら食べる子供を微笑ましく見て訊《たず》ねた。

「彦……蔵……」

子供は区切って口にした。

「彦蔵か。ふむ、姓はなんだ？」

辰兵衛がそう聞くのは、彦蔵の着ていた着物がその辺の百姓や町人のものより、上物だったからである。おそらくこの子は武家の出ではないかと推量していた。

だが、彦蔵は首を横に振っただけで粥を食べつづけた。

「おれは松山辰兵衛という」

彦蔵は椀と箸《はし》を置いて、辰兵衛を見た。

「覚えておけ。おれはおまえの命の恩人なのだからな」

そういってにやりと笑うと、彦蔵も安心したように表情をやわらげた。それまで彦蔵にあった警戒心がゆるんだ瞬間だった。

その夜、辰兵衛は囲炉裏に炭をくべ、昼間とってきた山女を塩焼きにして酒の肴《さかな》にした。

「彦蔵、遠慮せず食え。食えば体も丈夫になるし、大きくなる。おまえはまだ育ち盛りだ。この家で遠慮はいらぬ」

彦蔵は黙って山女に口をつけた。

「こうやってかぶりつくのだ。そのほうがうまい」

教えてやると、彦蔵は真似をして山女の腹に歯を立てた。

「どうだ、うまいだろう」

彦蔵は嬉《うれ》しそうに微笑んで、また山女にかぶりついた。囲炉裏には鍋《なべ》をかけてあり、芋と山菜、それから鳥の肉を入れてあった。

辰兵衛はその汁を椀にすくって、彦蔵にわたした。

「明日の朝は、これに飯を入れて雑炊にする。男は精をつけるのが一番だ。……彦蔵」

「はい」

「うむ、よい返事だ。そろそろどこから来たか教えてくれてもよいだろう。国はどこだ？」

彦蔵はうつむく。

「それなら親はどうした？　なぜ離れ離れになった？　それとも遊びに行って道に迷いでもしたか。それならおれが送り届けてやる」

はっと彦蔵は顔をあげた。黒くすんだ瞳《ひとみ》を見開き、

「いやだ！　いやだ！」

と、叫ぶような声を発すると同時に、大粒の涙を頬につたわせた。

「どうした」

辰兵衛は驚いて、どぶろくのはいった湯呑《ゆの》みを置いた。

「ここに……ここにいる。帰りたくない」

「なぜだ？　親がいるなら帰りたいだろう。それとも親にひどいことでもされたか……」

彦蔵は激しくかぶりを振った。

「それならなぜだ？」

「父上も母上も……死んだ……」

「なにッ」

「殺されたんです」

彦蔵はそうつぶやくと、おいおいと肩をふるわせ突っ伏して泣きつづけた。

「殺されただと……」

辰兵衛は呆然《ぼうぜん》と彦蔵を眺めた。

三

桃の花が散ると、桜が咲き、野に草花が咲き乱れるようになった。

辰兵衛が勝手に自分の家にしている庭には、蝶《ちょう》が舞い、鶯《うぐいす》が清らかな声をひびかせた。

日を追うごとに彦蔵は辰兵衛に心を開くようになったが、両親が殺された理由はわからないままだった。それは彦蔵自身にもわかっていないのではないかと、辰兵衛は思った。

ただ、彦蔵の故郷が身延山の反対側にあるのだということを、ぼんやり知っただけである。

「彦蔵、今日は魚釣りだ」

気ままな暮らしをしている辰兵衛は、その日の気分によって、彦蔵を釣りに連れて行ったり、山菜を採りに行ったりした。

彦蔵は誘われるままついてきては、辰兵衛の釣りや山菜採りに付き合い、薪拾いや薪《まき》割りを手伝った。これをやれあれをやれと命じると、彦蔵はいやな顔ひとつせず素直にしたがう。

それに何もかも楽しげにやり、要領を覚えるのが早かった。

その日の釣りもそうで、釣果は彦蔵のほうが多かった。

「おまえは呑《の》み込みが早い。今度は剣術でも教えてやるか」

気紛れにいってみたのだが、彦蔵は目を輝かせて、

「お願いします」

と、はっきり答えた。

「ほう刀を扱いたいか。無理もないだろう。おまえは侍の血を引いているらしいからな。よし、それなら侍らしく読み書きも教えてやるか」

「読み書き……」

「さようだ。読み書きができなきゃ、この世はわたってはいけぬ」

「だったらできるようになりたい」

「よし、よし。それなら少しずつ教えてやろう」

辰兵衛は楽しくなっていた。他人の子であっても、いい気晴らしと暇つぶしになったし、彦蔵は従順である。

「おれのことが不思議ではないか……」

釣り糸をたらしながら、彦蔵を見ると、小首をかしげる。

「わからぬか。おれは毎日、こうやって遊んで暮らしておる。はたらきもせずに、釣りをしたり山に入って木の芽や山菜を摘んだりだ。もっともこんな山里では金の使い道もなければ、仕事の口もないのではあるが……」

辰兵衛は独り言のようにいう。

「おれは江戸に住んでいたのだ」

「江戸……」

彦蔵は目をぱちくりさせる。

「ああ、大きな町だ。立派な城があって、人が大勢いる。いろんな店があってな。そりゃあ楽しいところだ」

「………」

「だが、もう武士の世ではない。大小を差して威張る世の中ではなくなったのだ。そりゃあ、威張っているやつもたくさんいるが、仕官できなければ食うことはできぬ。仕官できたとしても、安い禄《ろく》をもらうだけではどうにもならぬ。出世したくても、なかなかできるものではない。すべからく家柄が問われるのだ。おれは……」

辰兵衛は、はたと彦蔵を見て口をつぐんだ。

「こんなことをおまえに話してもわからぬか……」

ハハハと声に出して苦笑するしかなかった。

だが、彦蔵と肩を並べ、釣り糸をたれていると、なんだか親子のような気分になった。

「彦蔵、おまえはもう家には帰らないのだな」

「帰りません」

「だったら……」

いい淀《よど》んだ辰兵衛を見た彦蔵が、不思議そうな顔をした。

「おれがおまえの親になる」

彦蔵はぽかんと口を開け、まばたきをした。

「これからおれがおまえの親だ。よいか、おまえはおれを親だと思うのだ」

「今日から、いやたったいまからおまえは松山辰兵衛の倅《せがれ》、松山彦蔵になるんだ」

「松山……彦蔵……」

「そうだ。おまえはおれの養子になったのだ。よいか、それでよいか」

辰兵衛は真剣な眼差《まなざ》しを彦蔵に向けた。

「はい」

「だったらおれを父上と呼ぶんだ。呼んでみろ」

「……ちちうえ」

彦蔵は戸惑いながら遠慮がちにつぶやいた。

「声が小さい。おれの倅は元気でなくちゃならん。もう一度呼んでみろ」

「はい、父上」

辰兵衛はこそばゆさを覚えたが、それでも嬉《うれ》しくなった。

「よし、彦蔵。おれが何でも教えてやる」

「父上」

「なんだ？」

「かかっています」

「…………」

彦蔵が沈んでいる浮きを指さした。

「おお、これはいかん」

辰兵衛が慌てて竿《さお》をあげると、大きな鮒《ふな》が体をくねらせて日の光をはじいた。だが、手許《てもと》に手繰りよせようとした瞬間に、鮒はまた川のなかにぽちゃんと音を立てて落ちた。

「あっ……」

辰兵衛がしくじったと情けない顔をすると、彦蔵がさも楽しそうにアハハハと快活に笑った。

四

自分のことを父親だと思えという辰兵衛に、彦蔵は躊躇《ためら》いを感じていたが、それも日がたつにつれ、だんだん違和感がなくなり、二月もするとさもそれが当然だといわんばかりに、「父上、父上」と親しげに呼ぶようになっていた。

それでも彦蔵の心の奥には、ほんとうの両親への思いがあり、あの悪夢のような瞬間を忘れることができなかった。

天井裏から見た母の最期――。

槍《やり》で突かれた母は、胸から血を流しうつ伏せに倒れた。父は庭で藩の使者たちと戦っていたようだが、いったいどうなったのかわからない。

殺されたとは思いたくなかったが、幼い彦蔵にも、やはり生きてはいないだろうということはうすうすわかっていた。そのことを思うと悲しくなり、胸が苦しくなったが、同時に河遠藩に対する憎悪と恨みの念が心の奥に根づいた。

辰兵衛が留守をしている間、彦蔵は遠くの山をぼんやり眺めることがあった。自分が逃げてきた山で、その向こうに故郷があると思うと、わずかながらも郷愁の念がわいた。そんなとき彦蔵は強くかぶりを振って、口を真一文字に引き結び、遠くの山に怨嗟《えんさ》の目を向けなおした。

（いつか仇《かたき》を討つ）

彦蔵はそう思うが、いったいどうやって仇を討ち、そしてその恨みを誰に対して向けたらよいかわからなかった。

わからないのは育ての親となった辰兵衛のこともある。

辰兵衛はとくに仕事をしていなかった。気ままに釣りをしたり、小さな畑を耕すという野良仕事をしたり、そしてときどき宿場に出かけて酒や食糧を買い込んできた。

一晩家をあけることもあったが、翌日の夕暮れにはちゃんと帰ってきた。

「彦蔵、今日は稽古《けいこ》をつける」

そうやって、剣術の稽古をさせることもあったし、夕餉《ゆうげ》の晩酌のおり、

「彦蔵、こっちへまいれ」

と、そばに呼び寄せ、気紛れに読み書きを教えることもあった。

「父上、おれも宿場に連れて行ってください」

彦蔵がはじめてせがんだのは、辰兵衛の世話を受けるようになって半年後のことだった。暑い夏も過ぎ、蜩《ひぐらし》の声が聞こえるようになっており、朝夕の風が心地よい時季だった。

「ふむ……」

辰兵衛は少し考える目をした。

「家にばかりいるだけだからつまらないよ。だめですか……」

彦蔵は思案顔の辰兵衛におそるおそる頼んだ。

「よし、いいだろう。ただし、余計な口を利いてはならぬ。他人から声をかけられても迂闊《うかつ》に話をするな。それが守れるなら連れて行ってやる」

なぜ、そんなことをいわれるのかわからなかったが、

「きっと守ります」

と、彦蔵は返事をした。

辰兵衛は宿場に行くために、彦蔵に着衣を整えさせた。普段はすり切れてつぎはぎだらけの膝《ひざ》切りの着物だったが、いっそんな着物を誂《あつら》えたのか、辰兵衛は藍色《あいいろ》の米《こめ》絣《がすり》を出してくれた。

辰兵衛の着流しに野袴《のばかま》というなりと、ぼうぼうの総髪とひげ面は相も変わらなかったが、常に手入れをしている腰の大小だけは立派だった。

宿場までは一里半ほどだった。しばらく富士川沿いの土手道を辿《たど》った。彦蔵は久しぶりの遠出に心をはずませていた。

下流に進むうちに田畑が多くなり、上り下りをする舟の数も増えていった。舟は荷舟や高瀬舟で、下る舟の多くは米俵を積んでいた。上る舟は塩や海産物を積んでいて、滑るように下る舟とは逆に、鈍重な牛のような足取りで、上流をめざしていた。

やがて大きな道に出た。辰兵衛はこれが東海道だと教えた。

「この道は江戸や京につながっている。東に向かえば江戸、西に向かえばいずれ京につく。その先には大坂という大きな町があり、さらにその西にもいろんな国がある」

彦蔵は自分の生まれ故郷も、この道につながっているのだろうかと思った。辰兵衛は江戸のほうへ足を進めた。行商人や馬に荷物を担がせた馬子、振り分け荷物に菅笠《すげがさ》を被《かぶ》った旅の親子連れ、袈裟《けさ》を着て錫杖《しゃくじょう》を鳴らして歩く僧たちもいた。

そんな人たちに彦蔵は目移りした。

やがて、宿場が見えてきた。辰兵衛が吉原宿《よしわらしゅく》だと教える。

往還の両側に茶店が軒をつらねていて、旅籠《はたご》があった。辰兵衛はそこが人馬の継ぎ立てをする問屋場《といやば》で、あそこが諸国の大名らが参勤のおりに泊まる本陣だなどと教えていった。

宿場は十二町ほどの長さで、そこに旅籠や店が集中していた。駕籠《かご》屋もあり、人足たちがたむろしている馬小屋もあった。

彦蔵は生まれ故郷の町を思いだした。父・仁之助の勤める陣屋のそばには市の立つ町があった。決して大きな町ではなかったが、この宿場はその町に比べると、ずいぶん鄙《ひな》びて貧相に見えた。ただ、往来する人の数が多かった。

「ここが宿場だ。おもしろいか？」

辰兵衛は茶店にはいって床几《しょうぎ》に腰をおろした。彦蔵も隣にかけた。

「……人がたくさんいる。お店もいっぱいある」

「ここは少ないほうだ。街道をずっと先に行くと、もっと大きな宿場があり、町がある」

　そうなんだと彦蔵は思う。

「父上はなぜ、あんな村に住んでいるんです？」

　ずっと謎だった。

「故あってのことだ。人にはそれぞれ事情というものがある」

「事情……」

「いろんなわけがあるということだ」

　彦蔵はふうんと、うなずくしかない。

「飯を食おう」

　辰兵衛は唐突にいって立ちあがった。すぐそばに旅人をあてこんだ一膳《いちぜん》飯屋があるというのだ。

「刺身を食わせてやる」

「刺身……」

「そうだ。海でとれた魚の刺身だ」

　辰兵衛のいう一膳飯屋は問屋場のそばにあった。土間に飯台が置いてあり、空き樽《だる》に腰掛けて食事ができるようになっていた。辰兵衛はよく来るらしく、店のおかみが愛想よく応対して、彦蔵を見て誰の子だと聞いた。

「おれの倅《せがれ》だ」

「あら、松山の旦那《だんな》に子供がいたなんて……」

瘦《や》せぎすのおかみは目尻《めじり》にしわをよせて彦蔵を見た。

「いいから飯を持ってこい」

辰兵衛はぞんざいにいっておかみを板場に追いやった。表から「人殺しだ！　斬り合いだ！」という悲鳴じみた声が聞こえてきたのはそのときだった。

五

彦蔵はさっと辰兵衛を見た。辰兵衛も緊張した顔をしていたが、

「おまえはここにいるんだ」

そういって店を出て行った。

ここにいろといわれた彦蔵だが、じっとしていることはできない。店のおかみも主《あるじ》も表に飛び出していったのだ。

彦蔵はそっと戸口から顔を出した。

往還に抜き身の刀を持った浪人がいた。そして、片手に匕首《あいくち》を持った若い男が尻餅《しりもち》をついて、間合いを詰めてくる浪人をにらんでいた。負けん気の強い目つきだった。

「斬るなら斬ってみやがれ。おれの女房を殺して、金を盗んだのはわかってんだ」

「ほざけッ！」

「ああ、なんとでもいってやるさ。みんな聞いてくれ。おれは由比《ゆい》で酒屋をやっている平三郎《へいざぶろう》という。この浪人は、おれが留守の隙に店に入って女房を殺して、金を……」

平三郎という酒屋の声が途切れたのは、浪人が刀を一振りしたからだった。

「証拠もなく勝手なことをぬかしおって……」

浪人はそういって血刀を懐紙でぬぐった。平三郎は肩口から鮮血を迸《ほとばし》らせて、どさりとあおむけに倒れ、短く四肢を痙攣《けいれん》させて息絶えた。

彦蔵はあっと口を開き、目をみはったまままその殺戮《さつりく》の場を凝視していた。周囲にいた野次馬も慄然《りつぜん》と立っているだけで、なにも言葉を発しなかった。

往還には奇妙な静寂が訪れ、頭上から鳶《とび》の声が降ってくるだけだった。

「貧乏商人が……」

浪人はペッと死体につばを吐き、周囲の野次馬をひと眺めして、

「斬り捨て御免だ。文句はいわせぬ」

といって、そのまま歩き去ろうとした。

「待て」

呼び止めたのは辰兵衛だった。野次馬をかきわけて前に出ると、

「その男は女房を殺されたといった。おぬしが金を盗んだともいった」

そういって浪人に詰め寄った。

「たわけたことをいいやがって、おれはいい迷惑だ」

「やっておらぬと申すか」

「なにッ」

浪人は目くじらを立てて辰兵衛をにらんだ。

「平三郎という者のいったことが真実なら、おぬしは盗人《ぬすっと》の人殺しだ。それも夫婦殺しだ」

「それがどうした？　ありもしないことをいわれたおれは迷惑しただけだ」

「平三郎という男は由比の酒屋だといった。その言葉が嘘かまことか調べなければならぬだろう。ここには宿役人がいる。ことの真偽がわかるまで、宿場に留《とど》まってもらおう」

辰兵衛の言葉に、野次馬のなかから「そうだ、そうだ」という声があがった。それは次第に増えてゆき、

「人殺しを黙って通すわけにいかねえ」

などという者もいた。浪人は、そんな野次馬をひとにらみした。

「由比に人を走らせ、平三郎のいったことをたしかめさせろ」

辰兵衛は問屋場の前に立つひとりの男にいった。

「いらぬことだ。くだらぬことで足止めをされる覚えはない」

浪人は取りあいたくないという顔で、辰兵衛を押しのけて行こうとしたが、

「うむ……」

と、足を止めた。辰兵衛が動かなかったからだ。

「逃げるのか」

「なんだと」

「やましいと思うから逃げるのではないか。おぬしが正しければ、逃げることはないだろう」

「おれは先を急いでいるだけだ」

「調べには半日もかからぬ」

「おれはその半日を惜しんでいる。どけ」

辰兵衛は浪人の腕をつかんだ。

と、浪人はとっさに手を払いのけてさがるなり、再び抜刀して目をぎらつかせた。

「邪魔をするなら斬り捨てるまでだ」

いわれた辰兵衛は無言で自分の刀を抜いた。

一膳飯屋の戸口で見ていた彦蔵は息を呑《の》んで、胸の前で拝むように両の拳《こぶし》をにぎりしめた。野次馬たちの輪が広がった。

浪人は青眼の構え、辰兵衛は下段に構えた刀をゆっくりあげてゆき、上段に構えた。刀の切っ先が真昼の光をはじき返した。

「名は?」

辰兵衛が聞いた。

「名無しの権兵衛《ごんべえ》だ。てめえに?」

「盗人の人殺しに名乗るほどの者ではない。それに権兵衛、きさまには無用のことだ」

「なんだと」

「おれの名を知っても、どうせ短い命。この先役になど立たぬからな」

「なめたことを……」

名無しの権兵衛はじりじりと間合いを詰めた。手甲脚絆《きゃはん》に野袴《のばかま》という旅装束である。草鞋《わらじ》の先から出ている指で、地面をつかみながら辰兵衛との間合いをはかっていた。

先に動いたのは辰兵衛だった。さっと上段から下段に刀を振り下ろし、鋭い突きを送り込んだのだ。

権兵衛はとっさに下がってかわすと、右に動いて辰兵衛の脇腹を抜きにきた。しかし辰兵衛は相手の刀をすり落とした。権兵衛の片膝《かたひざ》が折れ、体勢が崩れた。

辰兵衛はそれを見逃さなかった。返した刀をすかさず、逆袈裟《ぎゃくげさ》に振りあげたのだ。

「あぐッ……」

権兵衛の口から小さな声が漏れた。その胸に血がにじみ、やがて大きな広がりを見せると、前のめりにゆっくり倒れて、土埃《つちぼこり》を盛大に舞いあげた。

一部始終を見ていた彦蔵は、ほっと安堵《あんど》の吐息を漏らしたが、それでもしばらく金縛りにあったように動くことができなかった。

六

「彦蔵、引っ越しだ」

翌日の朝だった。辰兵衛が唐突にそんなことをいった。

「どこへ行くんです？」

「沼津《ぬまづ》だ」

「どうして越すんです？」

「どうしてもだ。飯を食ったらさっさと出かける」

辰兵衛は詳しい理由は話さなかったが、小さな荷物をまとめて家を出ると、

「昨日あんなことがあっただろう。役人が来たりすると面倒だ。おれは面倒事が嫌いなのだ。それにおれは何も悪いことはしておらぬ」

と、いいわけじみたことをいって野路を進んだ。

辰兵衛はまとめた荷物を包んだ風呂敷《ふろしき》を背負っていたが、中身は多くなかった。そのほとんどは着物と帯などの衣類だった。必要なものはあらたに揃えればいいという。

彦蔵は黙ってついて行くしかない。

「沼津は吉原宿よりもっと大きな町だ。お城があって城下は栄えている。こんな田舎よりずっとましというものだ」

そういわれると、彦蔵も沼津に行くことが楽しくなった。

辰兵衛は吉原宿を避けるように遠まわりをして原宿《はらじゅく》に出た。茶店で一休みしたあとは、東海道を東へ辿《たど》っていった。彦蔵は間近にある海を眺め、そして近くの山の向こうに聳《そび》える富士を見て、心をわくわくさせた。

原宿から沼津宿までは、さほどの距離ではなかった。千本の松が植わっているという浜の道を過ぎると、もうそこが沼津だった。

なるほど辰兵衛がいうように吉原宿よりも、そして彦蔵が育った河遠藩の町よりも大きかった。それに彦蔵は城というものを初めて見た。

それは川のすぐそばにあり、城の周囲に堀をめぐらせてあった。高い石垣の上には塀があり、その塀の向こうには深緑の木々があった。城の建物はその木々に見え隠れしていたが、一際目を引くのが三層櫓《やぐら》の本丸御殿だった。

だが、彦蔵の感動など気にも留めない辰兵衛は、さっさと宿場を抜けて北のほうへ足を向けた。

城下を外れると、痩《や》せた田畑が広がり、その先は山裾《やますそ》につづくなだらかな荒野だった。辰兵衛はときどき立ち止まってはあたりを見まわし、ぶつぶつと独り言をいっていた。彦蔵は手持ち無沙汰《ぶさた》にそんな様子を眺めていたが、辰兵衛が家を探しているのだとわかっていた。

やがて、せせらぎの音を立てる小川のそばに、粗末な一軒の家を見つけた。

「やはり空き家だ。よし、ここを棲家《すみか》にしよう」

がたぴしと建て付けの悪い戸を開けて、家のなかをのぞいた辰兵衛が、彦蔵を振り返った。

「彦蔵、その辺に行って薪を集めてこい」

「はい」

彦蔵は素直に返事をして、起伏のある野路を辿って雑木林のなかで薪拾いをはじめた。

一抱えの薪を集めてさっきの家に戻ると、辰兵衛は傾いた庇《ひさし》や、雑草の生えた屋根の修理をしていた。

「これで雨露はしのげる」

彦蔵を見て辰兵衛は白い歯を見せた。

新しい住まいとなった家には畳がなかった。六畳と四畳半、そして三畳の居間があったが、すべて板の間だった。四畳半には炉が切ってあり、天井から自在鉤《かぎ》が吊《つる》されていた。戸口から裏の勝手口までは土間で、勝手口のそばに流しのついた台所があった。

彦蔵は古い水瓶《みずがめ》をそばの小川できれいに洗い、辰兵衛が見つけた小さな湧水地に行って水汲《みずく》みをした。そんなことをしているうちに、日はようようと暮れていった。

その夜、炉に火をくべて彦蔵は辰兵衛と向かいあった。城下の宿場を通ったとき、辰兵衛は魚の干物と米を買っていたので、それが夕餉《ゆうげ》となった。

「明日は味噌《みそ》と塩と醬油《しょうゆ》を買いにゆく。おまえも手伝うんだ」

ぱちぱちと薪が爆《は》ぜ、炎がひげ面の辰兵衛の顔を染めていた。

「他にやることはありませんか？」

彦蔵は飯碗《めしわん》を置いて訊《たず》ねた。

ちびちびと酒を飲んでいた辰兵衛は、しばらく思案顔をして黙り込んだ。それからふと思いだしたように小さくつぶやいた。

「とんだ拾いものをした」

彦蔵は首をかしげた。

「おまえのことだ。まさか、こんなことになるとは思わなかった。二、三日面倒を見ればよいと思っていたのだが……」

　ふふっと、辰兵衛は自嘲《じちょう》の笑みを浮かべた。彦蔵は辰兵衛の真意がわからずに目をしばたたいた。

「おれは昨日人を斬った。あんなことになろうとは……。とんだしくじりだ」

「…………」

「彦蔵、こうなったらおまえが一人前になるまで面倒を見よう。ほんとうのところは、三、四年でこんなど田舎での暮らしはやめるつもりだったのだ。それがおまえと出会ったばかりに、戯《ざ》れ心が起きた。まったく足止めを食らった恰好《かっこう》だ。だが、これも天のめぐりあわせかもしれぬ。ときにまっとうなことをやるのも悪くはない」

　彦蔵は、独り言のようにつぶやきつづける辰兵衛を黙って見ていた。

「こんなことはいうつもりはなかったが、おれのことを真《まこと》の善人だと思うな。だからといって、おまえをないがしろにするというのではない。おれは江戸から逃げているのだ」

「……どうして」

「いろいろある。いずれ話せるときがきたら話してやる。だが、これだけは覚えておけ。人を容易《たやす》く信用するな。この世には善人ばかりがいるんじゃない。大方の人間は下心があり、嘘をついて人を騙《だま》し、欺き、自分だけがよければよいと思っている。そんな人間がうじゃうじゃいる。甘い汁を吸うために親切をするふりをして、谷底に突き落とすような質《たち》の悪いやつがたくさんいる。忠義を尽くしても、尽くされる者はなんとも思っちゃいない。それがあたりまえだと思い、邪魔になればあっさり切り捨てる。恩も義理もへったくれもない。おれのいうことがわかるか……」

彦蔵は小さく首をひねった。少しわかるような気がした。両親も裏切られたのだと感じていたし、河遠藩はひどい国だと思っていた。

「所詮《しょせん》人間てぇやつァ、てめえだけがよければよいと思っているやつばかりだ。だから、あっさり人の施しを受けるような人間にはなるな。人間はひとりなんだ。ひとりで生きていくしかない。親兄弟だって裏切るのが人の世だ。おれがいなくなったら、おまえはひとりで生きていくしかない。信じられるのは自分だけだ。そのことを忘れるな」

「信じられるのは……自分だけ……」

「そうだ」

「おまえはやはり侍の子のようだ。どんなわけがあって親が殺されたのかわからぬが、おまえは殺した相手のことをどう思う」

辰兵衛は彦蔵を凝視した。表から虫の声が聞こえてきた。ぱちぱちと薪が爆ぜ、二人の間に細い煙が立ち昇った。

「憎い……」

彦蔵はつぶやいた。

「仇《かたき》を討ちたいと思っているんだな」

彦蔵はまばたきもせず、小さくうなずいた。

「相手を殺したいと思っているんだな」

彦蔵は黙ってうなずいた。

「よし、明日からおまえに剣術を教える。この世を生きていくには、腕っ節も必要だ。強い男になれ」

七

彦蔵は辰兵衛から本格的な剣術の手ほどきを受けるようになった。

最初は素振りだけだったが、年が明けると撃ち込みを教えられた。一見隙だらけのような辰兵衛に撃ち込んでも、彦蔵の木刀はかすりもせず、はね返されるだけだった。

撃ち込みがあまいと、逆にたたかれた。

雨の日は読み書きを教えられた。辰兵衛は素読の手本となる書物を、沼津城下から買ってきて彦蔵に与えたのだ。一冊をすらすら読めるようになると、また別の本を与えられた。

読むことで字を覚え、書くこともできるようになった。その字も年月を追うごとに増えてゆき、五年もすると難解な字はなくなったし、どんな字でも書けるようになった。

「彦蔵、おまえは教え甲斐《がい》がある。まったく一を聞いて十を知るとはおまえのことだ」

辰兵衛は彦蔵の理解力と覚えの早さに、感心することがしばしばあった。そんなことをいわれると、彦蔵も嬉《うれ》しくなるので、ますます精を出す。

しかし、剣術の稽古には厳しさが増した。辰兵衛の指導に遠慮がなくなったのだ。ときには、骨が折れるのではないかと思うほど強い撃ち込みを受け、立てなくなるときもあった。

「気のゆるみがあるから、撃たれるのだ。油断をするな」

苦痛に顔をゆがめていても、辰兵衛は容赦なかった。

つらい稽古に息があがり、胃の腑から食べたものを吐くこともあった。それでも彦蔵は地面を掻きむしって立ちあがり、

「もう一本お願いします」

と、辰兵衛に挑みかかっていった。

彦蔵は年を経るごとに体も大きくなり、声変わりもした。そのころになると、剣術を教える辰兵衛も、

「油断ができなくなったな」

と、めったな隙を見せなくなった。

辰兵衛は剣術や読み書きを教えるだけでなく、武士の作法をも教えていった。

一方、彦蔵は野生児と化してもいた。礫《つぶて》で鳥を落とし、手製の槍《やり》を使ってすばしこい兎や鹿を獲《と》った。川にはいっても釣りなどという悠長なことはせず、これも小さめの銛《もり》で魚を獲るようになった。

野山を駆けるうちに足腰が鍛えられ、薪《まき》を割ることで腕力が鍛えられた。

雪が積もり、野や山に花が咲き、そして長い雨のあとで暑い夏が訪れ、すすきの穂が荒野を埋めるころになると、周囲の山々は緋色《ひいろ》や黄色に染められていった。

もちろん雪の吹きすさぶ日もあり、雷雨を伴う嵐の日もあった。

彦蔵は十五歳になるころには、辰兵衛と変わらぬほど背が伸び、逞《たくま》しくなった。

ときどき沼津城下に買い物に出かけたが、野武士のような二人を町の者たちは奇異な目で見た。

また、年に数度、沼津藩水野家の藩士が訪ねてきた。いずれも領内見廻《みまわ》りの小役人で、人の足許《あしもと》を見ては袖《そで》の下を要求する輩《やから》だった。役人は決まって胡散臭《うさんくさ》い目で見て、尊大な態度で接してきた。

「城下にも浪人があぶれておるが、こんな野で暮らしているとはあきれたものだ。狼藉《ろうぜき》などはやっておらぬだろうな」

「決してそのようなことは……」

応対する辰兵衛はそのときばかりは平身低頭だった。へりくだるのはいらぬ揉《も》め事を起こしたくないのと、いまの生活を乱されたくないという思いがあったからだ。そのことは彦蔵にもよくわかっていた。

「不心得なことをしでかしたら無事ではすまされぬぞ。お上《かみ》はご寛容なお人柄なので黙っておられるが、不届きなことをいたしたら厳しく処断する。そう心得ておけ」

「はは……」

さいわいにも藩の取締りはゆるやかだったので、立ち退きを強要されることはなかった。

それには理由があった。諸国に蔓延《まんえん》していた飢饉《ききん》が、ようやく終息に向かっているからだった。打ち壊しや一揆《いっき》も急激に減り、農村に復帰する百姓も増えていた。

沼津城下はいたって穏やかで、大きな騒ぎもなくのどかな空気に包まれていた。

成長した彦蔵はひとりで城下に行くことがあった。そんなおり、水野家の家臣の話を耳にすることがあり、将軍が家斉《いえなり》になっていることや、幕政を仕切っていた松平定信という老中が罷免されたことなどを知った。そうやって天下の流れをかいつまんで知ったが、彦蔵には生まれ故郷の河遠藩がどうなっているかはわからないままだった。

わからないことはもうひとつあった。

辰兵衛がどうやって暮らしを立てているかである。辰兵衛は彦蔵の面倒を見てはいるが、仕事もせずに自由気ままな暮らしである。

彦蔵はそのことを何度か聞いたことがあるが、

「金は天下のまわりものだ。おまえが気にすることではない」

と、一蹴《いっしゅう》されるだけだった。

ある日、彦蔵は城下で古い浮世絵を目にした。それは、幼いころ父・仁之助が持っていた絵に似ていた。その店には筆や絵の具も置いてあった。

幼いころ、彦蔵は絵を描いて父を喜ばせたことがある。そんな父の笑顔が、遠い記憶のなかから甦《よみがえ》り、もう一度描いてみたいという衝動に駆られ、筆と絵の具を買って帰った。

早速、半紙を広げて思うままに筆を走らせた。野の草花、空を飛ぶ鳥、そして身近にいる虫などと、絵の対象はいくらでもあった。絵を描いているときは、無心になれたし、いつしか時間のたつのも忘れるほどだった。

辰兵衛はそんな絵には興味もないらしく、

「おまえも酔狂なことを……」

と、苦笑する程度だった。

そんな辰兵衛が突然、沼津を離れ、江戸に行くといった。

「もう田舎暮らしはたくさんだ。それにおまえももう一人前だ。おれがいなくても生きていける」

あまりにも急なことに、彦蔵はなにをいったらいいかわからなくなった。一瞬、頭のなかが真っ白になったほどだ。

「なぜ、江戸に行くのです」

ようやく口をついて出たのはそんな言葉だった。彦蔵はまばたきもせずに、辰兵衛を見ていた。

「人にいえぬ大事な用があるのだ。もう先送りはできぬ。おまえには何の関わりもないことだから、いえるのはそこまでだ」

辰兵衛はあまりそのことに触れられたくないのか、彦蔵の視線を外して、煙草盆を引きよせた。

「わたしはどうすればいいんです？」

「好きにしろ。江戸に行きたいならついてきてもよい。これから先は、何でもおまえひとりで決めることだ」

彦蔵は一抹の淋《さび》しさを覚えずにはいられなかった。生みの親ではないが、いまや辰兵衛は彦蔵にとってなくてはならない親であったし、恩人だった。そんな親にいきなり突き放されるようなことをいわれたのだ。

「どうした……」

辰兵衛が訝《いぶか》しげな目を向けてきた。

「ならば、わたしも江戸にまいります」

「さようか。だが、これからはおれを頼るんじゃない。頼れるのは己だけだ」

「……はい」

彦蔵は辰兵衛をまっすぐ見て返事をした。

その夜、二人はひげを剃《そ》り、髷《まげ》を結った。ちゃんと月代《さかやき》を剃った大銀杏髷《おおいちょう》である。

「明日は箱根《はこね》越えだ」

煙管《キセル》をくわえた辰兵衛が、遠くを見るような目でつぶやいた。

彦蔵、十七歳の春だった。

八

翌朝二人は、沼津宿の外れの一軒家を出、東海道に出ると三島《みしま》を脇目も振らずに通りすぎ、箱根へ向かった。上り坂が増え篠竹《しのだけ》におおわれた道を過ぎると、老杉《ろうさん》の林道を抜ける。見晴らしのよいところに出ると、きらめく伊豆《いず》の海が見えたり、富士山が間近に迫ってきたりした。

北の方角に駒《こま》ヶ岳《たけ》、東北に二子山《ふたごやま》が見えた。しかし、彦蔵はそんな景色よりもこれから先のことに期待と不安を抱いていた。さらにこれで辰兵衛と別れるのかと思うと、いいようのない寂寥《せきりょう》感が胸の内に満ちた。

自然口数が少なくなり、辰兵衛と過ごした年月が思い返された。考えてみれば、彦蔵は辰兵衛のことをよく知らないのである。

なぜ、人里離れたところに住んでいたのだろうか。いったいどんな経歴の持ち主なのだろうか。妻や子はいないのか。どんな出自なのだろうか。考えれば考えるほどわからない。

わかっているのは侍だということだけだ。粗野でありもするが、きちんとわきまえたことも知っているし、思慮深い人間である。

また、彦蔵にも本能的な遠慮がはたらいていた。辰兵衛のことを「父上」と呼んで育ってはきたが、実際の親ではない。

(この人は養父なのだ)

その思いが常に心の片隅にあった。

むろん、感謝もし恩義を感じてもいる。それでもやはり、ほんとうの自分の父親ではないという気持ちがあった。

記憶は薄れてはいるが、生まれ故郷の山や川が脳裏に甦ることがたびたびあった。死に別れた両親の面影も胸の奥にあったし、その両親の愛情を受けた幼いころの記憶も残っていた。

むろん、河遠藩に対する恨みは消えていない。

黙々と先を歩く辰兵衛の背中を見て、ふと気づいたことがあった。いつしか自分のほうが背が高くなっていたのだ。

（大きな人だと思っていたのに……）

箱根の関所を無事に過ぎると、芦ノ湖《あしのこ》に面した茶店で一休みした。

「どうした、朝からずいぶんおとなしいな」

茶を飲み、煙管を吸いつけた辰兵衛が顔を向けてきた。

「よく考えてみれば、わたしは父上のことをよく知りません。もうすぐ別れなければならないと思うと、どうにも忍びない淋しさを覚えます」

沼津を発《た》ってすぐ、彦蔵は小田原《おだわら》で別れるといわれていた。

「女々しいことを……」

辰兵衛は春の雲を浮かべる芦ノ湖に目をやった。湖畔の林で鶯《うぐいす》が鳴いていた。すぐそばには梅の花が咲いている。

彦蔵は辰兵衛の横顔を眺めた。ときどき、人を突き放すように寄せつけたくないといった顔をする。いまもそうであった。

「父上は昔、江戸から逃げてきたと申されましたね」

辰兵衛の顔がゆっくり彦蔵に戻された。

「話せるときがきたら話してやるともおっしゃいました」

「そんなことをいったか……」

辰兵衛は煙管を、座っている床几《しょうぎ》の縁に打ちつけた。

「教えてもらえませんか」

彦蔵は辰兵衛を凝視した。

「知ってどうする？　知ったところで……」

辰兵衛は言葉を切って、しばらく考える目をした。それからひと呼吸置いて、

「わかった、今夜小田原についたら話してやろう。さあ、まいろう」

といって立ちあがった。

狭い街道は幽境の深山を縫うように下りつづけた。途中開けたところもあったが、またすぐに下り坂となり、渓流の音を聞くようになった。

畑宿《はたじゅく》、須雲沢《すくもさわ》と過ぎると、湯煙を見るようになった。湯本までおりたのだ。

「小田原まではすぐだ。今夜は旅籠《はたご》に泊まるが、明日の朝はいよいよお別れだ」

はっきりいわれると、彦蔵は切なくなった。本心は別れたくないという気持ちでいっぱいであるが、辰兵衛はいやがおうでも突き放そうとしている。ここで子供のように駄々をこねるわけにはいかないし、辰兵衛の気持ちが変わらないのは彦蔵にはわか

っていた。

早川に架かる三枚橋《さんまい》をわたり、平坦《へいたん》な道を進み、やがて小田原城下に入った。彦蔵が生まれてこの方見たこともない大きな町だった。だが、そんな町のにぎわいに心を奪われるほどのゆとりはなかった。

辰兵衛と別れなければならないという諦念《ていねん》と、将来への期待がない交ぜになっていた。

旅籠に入り、湯に浸《つ》かって旅の垢《あか》を落として客間に戻ると、高足膳《ぜん》が部屋に運ばれていた。辰兵衛は楽な浴衣《ゆかた》姿で膳部の前に座っていた。

開け放された障子の向こうに小庭があった。白い木蓮《もくれん》の花と対をなすように、辛夷《こぶし》の花が衰えた日の光のなかに浮かんでいた。

「これへ。おまえが気にしていたことを教えてやろう」

辰兵衛はそういって、手酌をして酒をなめるように飲んだ。膳部には刺身に焼き魚、香の物、貝の吸い物、山菜の天麩羅《てんぷら》がのっていた。

彦蔵はこのような贅沢《ぜいたく》な料理を見るのは初めてだったが、威儀を正すようにして辰兵衛のつぎの言葉を待った。

「おれは江戸から逃げてきたといった。偽りではない。おれはとある道場で師範代を務めていた。だが、その道場でしくじりをやってしまった。道場主には申しわけないと思いつつも、己の欲を抑えることができなかったのだ」

「しくじりとは……」

「それはいえぬ。おまえには関わりのないことだからな。だが、おまえを育てたのは、考えてみれば、ある意味でのおれの罪滅ぼしだったのかもしれぬ」

「罪滅ぼし……」

彦蔵は眉宇《びう》をひそめた。表の日が翳《かげ》り、部屋のなかが暗くなった。

「長い道草だったかもしれぬが、おまえを育てるのは楽しかった。それはほんとうのことだ。まるで我が子同然だ」

「父上はその子と別れると、なにゆえ申されます」

彦蔵は挑むような目を辰兵衛に向けた。

「所詮《しょせん》血のつながりはない。いずれ別れるときは来る。ならば早いほうがよい。未練を引きずるような無様な生き方は性に合わぬのだ」

「妻帯されなかったのですか？」

「しなかった。……いや、道場での一件があり、できなかったというのが正直なところだ。何があったか知りたいだろうが、それは知らぬほうがいい。人生には知らなくてよかったと思うことがたびたびある。知って損な思いをするなら、知らないほうがいい。だから、そのことについてはなにもいわぬ。また口が裂けてもいってはならぬことが、人生にはあるものだ」

「生まれは江戸ですか？　そして両親はやはり御武家だったのでしょうか？」

辰兵衛は勿体《もったい》をつけたように、盃《さかずき》に口をつけてから、

「生まれは江戸ではない。この地だ」

と、いった。

「すると小田原……」

辰兵衛はゆっくりうなずいた。

「下士の出だ。継げるほどの家督もなかったし、おれは次男だった。立身するためには剣の腕を磨くしかなかった。それで江戸に出て剣術の稽古《けいこ》に励み、先に申したとある道場の師範代になった。話はそれだけだ。暗くなった。あかりを……」

いわれた彦蔵は立ちあがって、部屋の隅にある行灯《あんどん》に火を入れた。暗かった部屋が一挙にあかるくなった。気づけば、庭の燈籠《とうろう》にもいつしか火が入れられていた。

「何かあるか……」

もとの席に戻ると、辰兵衛が静かな眼差《まなざ》しを向けてきた。

「いえ」

ほんとうはもっといろんなことを聞きたかった。だが、何を聞けばいいかここにいたって心の整理がつかなくなっていた。ただ、ひとつだけいわなければならなかった。

「明日はほんとうにお別れなのですね」

「うむ」

「父上……」

彦蔵は膝《ひざ》をすってさがると、深々と頭を下げた。

「これまでのご恩、彦蔵は生涯忘れることはないでしょう。なにもその恩に報えないのは心残りではありますが、このとおりお礼申しあげます」

「おれは恩を着せてはおらぬ。気にせずともよい。しいて申せば、おまえがまっとうな生き方をして、立派な人間になってくれればよい。それだけだ」

「はは、ありがたきお言葉……」

彦蔵は胸を熱くしていた。できることなら辰兵衛の胸に飛び込みたいほどの心境であった。だが、その気持ちを一心に抑えた。込みあげてくるものがあったが、それも懸命に堪《こら》えた。

「もうよい。彦蔵、別れの盃だ。おまえも飲むがいい」

辰兵衛が盃を差しだしていた。彦蔵がその盃を受け取ったとき、廊下から声がかかった。

「お客様、返事を受け取ってまいりました」

「これへ」

手代が障子を開けて、一通の封書を辰兵衛にわたしてさがっていった。

辰兵衛はわたされた封書を開いて、一読すると表情を険しくした。それからすぐに着替えにかかった。

「いかがされました？」

「人に会ってくる。おまえはゆっくりしておれ」

辰兵衛はかたい表情のまま差料をつかみ取ると、そのまま客間を出て行った。

九

ひとり残された彦蔵は、目の前の馳走《ちそう》に箸《はし》をつけたが、妙な胸騒ぎがしてならなかった。気になったのは、返事の封書を読んだ辰兵衛の形相が、みるみる険しくなったからだった。

なにかよからぬことが起きるのではないだろうかという不安が頭をもたげると、彦蔵は居ても立ってもいられなくなり、押っ取り刀で辰兵衛のあとを追うように旅籠の玄関に急いだ。さっきの手代が玄関で草履《ぞうり》を揃えていた。

「わたしの連れはどっちへ行った？」

「江戸口のほうへ行かれましたが……」

頭のうすい手代は、玄関を出た右のほうを指さした。

彦蔵は旅籠《はたご》の並ぶ宿往還を足早に進んだ。一町ほど行くと辰兵衛の影が見えた。もうそこは宿外れであった。先の脇道から提灯《ちょうちん》をさげた男が出てきて、すぐに足を止めた。辰兵衛はその男と短く見合ったようだ。

男が顎《あご》をしゃくって出てきた道に戻ると、辰兵衛もあとを追うようにそちらに向かった。すぐに辰兵衛の姿が見えなくなった。彦蔵はここまで来て、出しゃばったことをしているのではないかと危惧《きぐ》した。辰兵衛がもっとも嫌うことである。

しかし、気になってしかたがない。彦蔵は辰兵衛と提灯を持った男の消えた道に折れた。

だが、二人の姿はどこにもなかった。黒々とした山のほうに向かう一本道が、月あかりと星あかりに浮かびあがっている。その両脇には垣根や塀で囲まれた武家屋敷が、夜の闇に沈んでいた。

提灯を持った男は侍だった。辰兵衛は小田原の生まれである。単なる知り合いかもしれない。それなら余計な取り越し苦労だ。

躊躇《ためら》いながら足を進めてゆくと、声が聞こえてきた。彦蔵はそっちを見た。小さな稲荷《いなり》神社の先から声は聞こえてくる。

「もはや死んだものと思っていたが、おめおめと生きて帰ってくるとは、見下げたものだ。さては逃げるのに辛抱しきれなくなったか、食い詰めでもしたか。ははあ、さては無心でもする気でいたのではあるまいな。身のほど知らずとは、まさにきさまのことだ」

強い咎《とが》めるような口調は、辰兵衛ではない男の声だった。

「もしや江戸から知らせを受けられましたか……」

「知らせが来てもおかしくはなかろう。それとも、実家には何も伝えられないと高をくくっていたか」

「さようでございましたか。ならばわたしも腹をくくりましょう」

「ほう、どうくくると申す。ここで腹を切るか、それともおれに斬られるか。きさまの取る道は二つにひとつだ。家の敷居をまたぐつもりで使いをよこしたのだろうが、そうはさせぬ。きさまは諸藤家《もろふじ》に泥を塗った恥さらしだ。覚悟しろッ」

道端に立って聞いていた彦蔵は、びくっと顔をあげた。

鞘走《さやばし》る刀の音がして、直後、鋼のぶつかる音が闇のなかにひびいた。

「兄上、おれのやったことは重々承知している。だが、ここで死ぬわけにはまいらぬのです」

辰兵衛の声だった。

「きさまに兄上などと呼ばれる筋合いはないッ。きさまはもはや他人である。よそ者だ」

(二人は兄弟……)

彦蔵は息を呑《の》んだまま立ちつくした。だが、この刃傷沙汰《にんじょうざた》を知ってじっとしているわけにはいかない。まして、辰兵衛は斬られようとしているのだ。

彦蔵は腰の刀を引き抜くと、地を蹴《け》って先の角を左におれた。鍔迫《つばぜ》り合っていた二つの黒い影が、ぱっと飛びすさって離れた。

「おやめください！」

彦蔵の声に二人は驚いたようだが、それは一瞬のことであった。

「邪魔立て無用！」

兄のほうがそう声を発するなり、辰兵衛に斬りかかった。突きを送り込んでの袈裟《けさ》懸けだった。辰兵衛はうまく兄の刀をすり落として、右に飛んだ。すかさず兄が斬り込んでゆき、またもや鍔迫り合う恰好《かっこう》になった。

そのとき、叢雲《むらくも》が月を遮り、濃い闇が訪れた。鍔迫り合う兄弟は、回転するように立ち位置を変えていた。

彦蔵は仲裁にはいりたいが、なかなかその隙を窺《うかが》えない。

しかも兄弟は黒い影となって、重なり合うように動いている。

「お待ちを、お待ちを。おやめください」

声をかけても、喧嘩《けんか》独楽《ごま》のようにぶつかり合い斬り結んでいる二人は聞きもしない。

刃《やいば》と刃が打ち合わさり小さな火花が散る。

「えいッ！」

気合いを発して、右の影が離れた。その刹那《せつな》、片方が斬り込んでいった。彦蔵はその影を辰兵衛だと思った。ふいをつかれた恰好になった兄は、体勢を崩し、彦蔵のほうによろけるようにやってきた。

もはや躊躇いはなかった。いや、辰兵衛を救いたいという一心で、体が反射的に動いたのだ。彦蔵は兄の脇腹を薙《な》ぐように斬っていた。

ズバッと肉を斬るたしかな手応《てごた》えがあった。残心もとらずに振り返ると、斬られた兄はゆっくり前のめりに倒れた。

そのとき、雲に隠れていた月が顔を出して、地面を照らした。彦蔵は刀を構えたまま、肩を上下に動かしながら倒れた辰兵衛の兄を見ていた。

だが、蒼《あお》い月光に照らされた顔を見て、はっと息を呑んだ。

斬り捨てたのは育ての親だった辰兵衛だったのだ。

「あっ……」

彦蔵は信じられないように目をみはり、手に持っていた刀を捨てると、辰兵衛の両肩に手をかけて抱き起こした。

「しっかり、しっかりしてください。わたしは、何ということを……わたしは……」

辰兵衛がうっすらと目を開けた。

「お、おまえだったか……」

つぶやいた辰兵衛は口の端に小さな笑みを浮かべたが、そのままがっくり頭《こうべ》をたれて息絶えた。

「そなたは……」

辰兵衛の兄が声をかけてきた。

彦蔵はすぐに返事ができなかった。いいようのない悲しみに胸が塞《ふさ》がれ、両目から涙が噴きこぼれた。

「もしや、辰兵衛の知り合いでござるか」

彦蔵は泣き濡《ぬ》れた顔で、辰兵衛の兄を見あげた。

十

「十二年もの間……」

彦蔵から話を聞いた辰兵衛の兄・清兵衛《せいべえ》は、半ば感心したような顔つきになった。

二人はいま、清兵衛の家にいるのだった。辰兵衛との関係を聞きたいといって彦蔵は連れてこられていた。

清兵衛は奥の間に彦蔵を入れると、茶を運んできた女中をすぐにさがらせ人払いをしていた。庭に沈丁花《じんちょうげ》があるらしく、行灯《あんどん》をつけただけの奥座敷にその香りが満ちていた。

彦蔵は、辰兵衛が育ての親になって、これまで過ごしてきたことを話していた。剣術と学問を教え込まれ、武士のたしなみを躾《しつ》けられたことなどである。

「それでそなたの生家は、わからぬのだな」

「わかりません。両親はわたしの目の前で殺されましたので……」

清兵衛は「ふむ」と重苦しい声を漏らして嘆息した。

「それで、あの人はいったい何をやらかしていたのです？」

彦蔵がもっとも気になっていることだった。

「不肖の弟だ。もっとも兄弟の縁は切ってはいたが……」

清兵衛は細いため息をつき、ぬるくなった茶に口をつけた。辰兵衛の実の兄だが、顔つきはあまり似ていなかった。しいていえば、鼻筋の通ったところであろうか。そんな清兵衛は、小田原藩大久保家に仕える作事方の役人だった。

「こんなことは滅多にいえることではないが、そなたは辰兵衛とは深い間柄。むしろ黙っていては、若いそなたの将来にも差し障りがあるかもしれぬ。知っておいたほうがよかろう」

清兵衛は湯呑《ゆの》みを茶托《ちゃたく》に戻して、静かに彦蔵を見つめた。

「あれは江戸にて剣術の修業に励み、下谷長者町《したやちょうじゃ》にある近衛《このえ》道場の師範代になった。わたしはその知らせを受けたとき、兄として嬉《うれ》しくもあり誇らしく思った。だが、それは束の間のことだった」

近衛道場はかなり名の知れた無外流《むがいりゅう》の道場で、門弟も百人ほどいた。そのような道場で師範代になるには、かなりの腕がなければならない。むろん、その腕を認められたからこそ辰兵衛は師範代になれたのであるが、道場主の後添いと不義をはたらいた。だが、そんな秘め事は隠しとおせるものではない。かたや道場主の妻、かたや道場の師範代である。

二人の不義を知った道場主は妻をばっさり斬り捨て、辰兵衛にも襲いかかったのだが、逆に辰兵衛が返り討ちにした。

師匠を斬った辰兵衛は、そのまま逃げるのではなく、道場から金百五十余両を盗んで逐電した。

「わたしがそのことを知ったのは一月後のことだった。道場にいたもうひとりの師範代と道場主の跡継ぎ・近衛兵庫《ひょうご》殿が訪ねてこられた。兵庫殿は前妻との間にできた子である。むろん、訪問の趣意は辰兵衛の所在を知ることだった。おそらく実家に帰ってきたと考えられたのだろうが、わたしにとってはまったく寝耳に水のことであったから、辰兵衛の行き先などはわからない。ただ平謝りに、頭を下げるしかなかった。

それが忘れかけていたころに、ひょっこりと……」

そこまで話した清兵衛は、拳《こぶし》をにぎりしめて歯嚙《はが》みをした。

彦蔵はうつむいたまま自分の膝許《ひざもと》に視線を落としていた。やっと辰兵衛のすべてを知った気がした。

清兵衛から聞いた話は、辰兵衛から聞いた話と合致していた。辻褄《つじつま》も合う。辰兵衛はこういった。

――おれはとある道場で師範代を務めていた。だが、その道場でしくじりをやってしまった。

それは、たったいま清兵衛から聞いた話だったのだ。そして、辰兵衛はそのことを頑《かたく》なに隠していた。だから、あんなことをいったのだ。

――人生には知らなくてよかったと思うことがたびたびある。知って損な思いをするなら、知らないほうがいい。

たしかに知りたくない話であった。あれは辰兵衛なりの思いやりで、自分を落胆させたくなかったのだ。きっとそうだったのだろうと、彦蔵は思った。

「いかがされた……」

黙り込んでいると、清兵衛が声をかけてきた。

「あの、父……いえ、辰兵衛さんは深く悔やんでおられたと思うのです。いま話を聞いてわたしは心底驚いていますが、辰兵衛さんは道場主に申しわけないことをした。

わたしを育てたのは、罪滅ぼしだったのかもしれないとも申されました」

「そんなことを……」

「ひょっとすると、辰兵衛さんは江戸の道場に戻って、腹を切られる覚悟だったのかもしれません。いえ、きっとそうだったのだと、わたしは思います」

彦蔵は、突然、辰兵衛が沼津を離れ、江戸に行くといったときのことを思いだしていた。あのとき、辰兵衛は人にいえない大事な用がある、もう先送りはできないといった。あのとき、辰兵衛は腹をくくって、死ぬ覚悟をしていたのだ。いまになって彦蔵は、辰兵衛の気持ちがわかる気がした。

「ふむ。すると、あやつはわたしに、今生《こんじょう》の別れを告げに来ただけだったと申すか……。それにしても主人を斬るとは、とんだ反逆者である。あれもまだ若かったから魔がさしたのだろうではすまされぬことだ」

たしかにそうであろうが、被害者ではない彦蔵は、むしろその加害者である辰兵衛に恩義を感じているてまえ、言葉を返すことができなかった。

「それでそなたはこれからどうされるのだ？」

彦蔵は顔をあげて清兵衛を見た。

「江戸にまいります。頼るあてなどありませんが、沼津を発《た》つおりにそう決めておりましたので……」

「さようか。……それはわたしの口出しすることではないからな」

「辰兵衛さんのことはどうされるのです？」

「そなたが斬ったということになると面倒になる。あとのことはわたしにまかせておかれるがよい。それに、近衛道場にはこの一件を伝えなければならない。それもわたしの責任であるからな」

「わたしに手伝えることがあれば、なんでもいたしますが……」

「いいや。ご心配には及ばぬ」

清兵衛はゆっくりかぶりを振った。

話すことのなくなった彦蔵は、清兵衛の家を辞して旅籠《はたご》にむかう暗い夜道を辿《たど》った。心のなかに冷たい風が吹いていた。

悲しんでよいものかどうかわからなかったが、彦蔵は両目からあふれる涙を止めることができなかった。

夜空に浮かぶ星々が涙でぼやけて見えた。しかし、辰兵衛の顔だけは瞼《まぶた》の裏にはっきりと浮かんでいた。

これから戻る旅籠でいわれたことがある。

――長い道草だったかもしれぬが、おまえを育てるのは楽しかった。それはほんとうのことだ。まるで我が子同然だ。

あのとき辰兵衛は、口の端に、それまで見せたことのないやさしげな笑みを浮かべた。

彦蔵は片腕で涙をぬぐって、大きく息を吐いた。満天の星をはっきり見ることができた。

(これからはひとりで生きなければならない)

そう心にいい聞かせたとき、ちがう声が遠い記憶の彼方《かなた》から甦《よみがえ》った。

――あなたは生きて生きのびるのです。生きていさえすればきっとよいことがあります。いずれこの国もよくなるときがあるはずです。だから、生きなさい。生き抜きなさい。わかりましたね。

母の声だった。

彦蔵は立ち止まると、仁王立ちになって唇を引き結び、夜空をにらむように見あげ、

(生きる。おれは生き抜く)

と、かたく心に誓った。

第三章　江戸

一

彦蔵は品川宿《しながわ》にはいって茶店で一休みをしていた。ここから江戸なのだと思うと、ずいぶん長い旅をしてきたような思いにとらわれた。それに品川は、これまでの宿場とちがい、どことなく華やいだ雰囲気がある。通りを歩く町人や職人もそうだし、町娘はひとつも二つも垢抜《あかぬ》けているように見える。

まっ青な空を背景にした御殿山《ごてんやま》の桜が花を開きかけていた。陽気がよいせいか、空から降ってくる鳶《とび》の声もどことなくのどかである。

心が浮《うわ》つきそうな気分だが、彦蔵は小田原を発つ朝のことを思いだしていた。出立の支度を終えたとき、辰兵衛の兄・清兵衛がやってきたのだ。

「一晩考えて、そなたにもう一度会いたいと思ってな」

清兵衛は自嘲《じちょう》の笑みを浮かべてつづけた。

「辰兵衛とは縁を切っていたといっても、やはり血を分けた兄弟。不肖の弟ではあったが、天涯孤独のそなたを育てあげたことには、少なからず敬服せざるをえない。それにあれにも荷物があるだろうし、それも引き取らねばならぬ」

「荷物はこれだけです」

彦蔵は脇に置いていた辰兵衛の振り分け荷物を差しだした。

「他にはなにもありません」

たったこれだけかと、清兵衛は少し意外そうな顔をしたが、振り分け荷物を持って、

「かなり重いな」

といって、中身をあらためた。彦蔵も何がはいっているのかわからなかったので、気になっていたところだった。

「これは……」

清兵衛は振り分け荷物から、二つの袱紗《ふくさ》包みを取りだしてほどいた。出てきたのは、封のしてある切餅《きりもち》だった。それが二個あった。五十両である。財布には五両ほどの金が入っていたので、あわせて五十五両を辰兵衛は残していたことになる。大金だ。

「あれは何か仕事をしていたのだろうか……」

いいえと、彦蔵は首を振って、自分と辰兵衛がどんな暮らしをしていたかを簡略に話した。

「するとこの金はおそらく近衛道場から盗んだ残り金だろう」

「そうかもしれません。片田舎の空き家に住んでいましたし、金を使うこともあまりありませんでしたので……」

「とにかくこの金は、近衛道場に返さなければならぬ。それに辰兵衛がどうなったか、ことの次第も伝えなければならぬ」

「………」

「たしか、そなたを育てたのは罪滅ぼしだったと、そんなことを辰兵衛が申したそうだな」

「はい」

「その気持ちはいまになってなんとなくわかるような気がしないでもない。あやつも根っからの悪人ではなかったはずだからな。諸藤姓を松山と変えて逃げて暮らすしかなかったのだろうが、おそらくそなたに生き甲斐《がい》を見いだしたのかもしれぬ」

果たしてそうだっただろうかと、彦蔵は訝《いぶか》しむが、黙っていた。そうしていると、清兵衛は昨夜とはちがう慈愛に満ちた目を向けてきた。

「そなたがどんなわけで両親と死に別れたのかはよくわからないが、よくぞ大きくなられた」

「辰兵衛さんのお陰です」

育ての親である辰兵衛のことを「父上」と呼ぶには、もはや躊躇《ためら》いがあった。

むろん、辰兵衛が罪人だったことを知ったからである。しかしながら、辰兵衛に対する尊敬の念と思慕の念が消えたわけではなかった。実際はどうであれ、彦蔵にとって辰兵衛は恩人であるし、心から感謝しているのだ。

「あれのことをどう思われようが、そなたに罪はないのだからとやかくはいわぬが、これから先どうするつもりなのだ。何かあてがあるのか？」

「いえ、まだはっきり決めたことはありません。まずは江戸に行ってから考えようと思っています」

「さようか。して、路銀は持っておるのか？」

彦蔵は横に首を振って、三両少々あると付け足した。生家から逃げるときに母親から預かった金の一部だった。山中でそのほとんどをなくしていたが、辰兵衛に拾われたときに預かってもらっていた金である。

「三両ではこの先心許《こころもと》なかろう」

清兵衛はそういうと、懐から財布を出して、そのまま彦蔵の膝許《ひざ》に置いた。

「たいしてはいってはおらぬが、これを持って行くとよい」

「いえ、それは困ります」

彦蔵が財布を押し返そうとすると、清兵衛がその手を制した。

「餞別《せんべつ》だ。それがいやだと申すなら、諸藤家との手切れだと思ってもらいたい」

「手切れ……」

「さよう。辰兵衛は諸藤家に泥を塗った恥さらし。そんな男に育てられたそなたには何の恨みもないが、この先諸藤家のことは忘れてもらいたい。さあ、しまわれよ。一度出したものをまた引っ込めるわけにはいかぬ」

彦蔵は強引に財布をつかまされ、しぶしぶ折れた。

「達者で過ごされよ」

「かたじけのうございます」

彦蔵は深く頭を下げた。

「お侍さん、お代わりは……」

女の声で、彦蔵は現実に引き戻された。そばに茶店の女が立っていた。

「いや、いらぬ。金はここに置いておく」

彦蔵は代金を置いて立ちあがった。

品川宿を抜けると、右手に陽光うららかな江戸湾が広がった。行商人や旅人、そして江戸詰めの勤番侍たちとすれ違い、やがて大木戸にやってきた。

道の両側に石垣があり、そのそばに高札が立てられていた。茶店も並んでいて、旅の見送りをする者たちが手を振ったりしていた。

そんな光景を見る彦蔵は、ここから先がいよいよ江戸なのだという思いを強くし、臍下《せいか》に力を込めると地面を踏みしめるように歩いた。

二

市中に近づくうちに、家並みが多くなった。往還の両側には大小の商家があり、路地の奥にもごちゃごちゃと家が入り組んでいた。人の数もぐっと増え、荷馬車や大八車を引く者がいる。

暖簾《のれん》が春の日射しを浴び、幟《のぼり》は風にはためいている。商家の軒先には手桶《ておけ》の積まれた天水桶があり、小僧が掃き掃除をしている。

彦蔵は見るものすべてがめずらしく、何度も立ち止まっては通りを眺めまわした。徒党を組んだ侍が急ぎ足で過ぎ去れば、天秤棒《てんびんぼう》を担いだ魚屋が路地を練り歩いている。大きな荷を背負った担い売りに、恰幅《かっぷく》のよい僧侶《そうりょ》、奉公人を連れて歩く商家の主《あるじ》、楽しそうにおしゃべりをして歩く母娘……。

彦蔵には土地鑑がまったくない。歩いてきた道をまっすぐ行けば日本橋《にほんばし》につくとは聞いていたが、道は何度も交叉《こうさ》していたし、大きな横道もあった。

立ち止まってあたりを見たとき、茶問屋の表で客を送り出した女が、傾いた暖簾を整えていた。ちょいと伸びあがったので、着物の裾《すそ》からのぞく白い脛《はぎ》が日の光にまぶしかった。

「あの……」

声をかけると、女が振り返った。思いの外若い娘だった。

「なんでしょう？」

娘は黒目がちのすんだ瞳《ひとみ》を向けてきた。色白で、肌がつやつやしている。

（きれいだ）

彦蔵はどきりとした。いままで若い男女と接したことがない。沼津城下ですれ違ったり、ちょっとした訊《たず》ねごとをしたことはあったが、単にそれだけのことだった。

「日本橋に行きたいのですが、道を教えていただけませんか」

娘はあらためて彦蔵を見た。それから頬にやわらかな笑みを浮かべて、

「日本橋でしたら、この道をまっすぐに行けばいいですわ。日本橋のどちらへ行かれるのです？」

と、聞き返してくる。

「どちらといわれても……日本橋です」

娘はぷっと噴き出しそうになったのか、口許を手で押さえた。

「旅の人ですね。どちらから見えたのかしら？」

「……西のほう。いえ、駿河《するが》のほうからです」

「駿河……箱根の先ですね。わたしは行ったことはありませんけど、駿河のどのあたりでしょう……」

「沼津です。まっすぐ行けば日本橋なのですね」

「そうです」

「ありがとう存じます」

照れくさくなった彦蔵は、逃げるように娘から離れた。それでも気になって後ろを見ると、娘は見送るように彦蔵を見ていた。目が合うと、にっこり微笑む。

彦蔵は自分の顔が上気するのがわかった。ますます照れくさくなって、足を急がせた。

芝口《しばぐち》橋まで来たとき、江戸城が見えた。石垣の塀越しに新緑の松や楠《くすのき》が見える。白漆喰《しっくい》の壁に黒い瓦《かわら》。櫓《やぐら》があちこちにあり、青い空に映えていた。

橋をわたると、また商家のつらなる町屋となった。いろんなものがある。煎餅《せんべい》屋、菓子屋、呉服問屋、車力屋、飯屋、小間物問屋、刀剣屋、駕籠《かご》屋……。

ここにはすべてのものが揃っていた。道は次第に広くなり、本町《ほんちょう》通りにはいると、さらに大きな商家があった。人の往来も多く、あちこちから呼び込みの声があがっている。

雑踏を縫うように歩いていると、前方から一際体の大きな男たちがやってきた。相撲取りだ。浴衣《ゆかた》掛けで胸をはだけた相撲取りは、彦蔵より二まわりも三まわりも大きく、丈も頭ひとつ高い。彦蔵は道の端に立って、三人の相撲取りを見送ったが、町の誰もが見慣れているのかさして気にも留めなかった。

日本橋はそれから間もなくのところにあった。高札場の前を通りすぎたところだった。大きな太鼓橋で、欄干には擬宝珠《ぎぼし》の意匠が施されていた。

(これが江戸の真ん中なのか……)

橋の中ほどで立ち止まった彦蔵は感慨深い思いで、周囲を見まわした。人の往来は間断ない。立派ななりをした武家もいれば、腹掛け一枚に膝切りの着物を尻端折《しりはしょ》りというみすぼらしい者もいた。

江戸城は間近にあり、橋の下を何艘《そう》もの舟が行き交っている。すぐそばの河岸地には漁師舟が出たり入ったりを繰り返していたし、岸辺には堅牢《けんろう》そうな蔵が建ち並んでもいた。

衰えはじめた日の光が、堀川の水面《みなも》を暮れ色に染めはじめている。気づけば人の影も長くなっていた。

彦蔵はこれからどうしようかと思ったが、まずは宿を探さなければならなかった。橋の向こうに行ってみたい気もするが、それは今日でなくてもよい。そんなことを考えるかたわら、茶問屋の前で会った娘の笑顔が脳裏に浮かんだ。

あの店のそばにも何軒かの旅籠《はたご》があった。

彦蔵はきびすを返して、来た道を後戻りした。

芝神明町《しばしんめいちょう》には数軒の旅籠があった。彦蔵は呼び込みの留め女に袖《そで》を引かれるまま、大和屋《やまとや》という旅籠に入った。旅塵《りょじん》を払い湯に浸《つ》かり、広間に用意された夕餉《ゆうげ》の膳《ぜん》についたときには、すでに表は暗くなっていた。

「お客さんはずいぶん若いね。どちらから見えたの？」

飯を盛る年増《としま》の女中が聞いてくる。

「駿河のほうだ」

「江戸見物に来たんですか？」

「ふむ……そうでもない」

女中は不思議そうな顔をした。

「職につきたいのだ」

「それじゃ仕事を探しに……どんなことをしたいんです？」

女中は彦蔵が浴衣姿なので、出稼ぎの男だと思っているようだ。

「さあ、それがわからぬのだ。なにかよい仕事があればよいが……」

「だったら桂庵《けいあん》で世話してもらえばいいんですよ」

「桂庵……」

「口入屋ですよ」

「それは仕事の世話をしてくれるのだな。どこにある？」

「この辺だったら、佐賀屋《さがや》さんがいいんじゃないかしら。この先に伊勢屋《いせや》という茶問屋があります。その路地を入ったところです」

伊勢屋というのは、今日の昼間に道を訊ねた娘のいる店だ。

「明日にでも訪ねてみよう」

「ずっと江戸にいるつもりですか？」

「そのつもりだ」

「住むところは決まっているの？」

いや、と返事をして、彦蔵は飯をかき込む。客は他にもいたが、年増の女中は彦蔵の前から離れない。

「お店《たな》を借りるには請人がいるんだよ。もちろん、知っているとは思いますけど」

女中はそういうと、他の客に呼ばれて「はい、はい」と、軽薄な返事をして離れていった。

（桂庵……佐賀屋……）

彦蔵は女中から教えられたことを胸中でつぶやいて、茶に口をつけた。夕餉を用意してある座敷には、旅の行商人と思われる者が多かった。連れの者と酒を酌み交わして、酔っている者もいた。

食事を終えた彦蔵が自分の客間に戻ろうと、二階の階段に向かいかけたとき、

「喧嘩《けんか》だ。喧嘩」

と、いって玄関に飛び込んできた者がいた。

三

慌てた声を聞いた番頭や手代が、帳場から玄関にやってきた。

「どこで誰がやってんだい？」

頭のうすい番頭が訊ねると、

「例によって大工の正三郎《しょうざぶろう》だよ。日の暮れ前から酒を飲んでいて、もう酔ってやがんだ」

「じゃあ放っておけばいいだろう」

「それがそうはいかねえよ。相手は二本差の浪人だ。放っておくと斬り殺されかねないよ」

「侍が相手か……そりゃ厄介だな」

番頭は手代と顔を見合わせ、仲裁に行くしかないという。

気になった彦蔵もあとを追うように旅籠を出た。

喧嘩は旅籠のすぐそばにある居酒屋の表で起きていた。十数人の野次馬が遠巻きに見ていた。

「どうせ竹光だろうよ。刀を差しているからってビクつくおれじゃねえぜ。こちとら江戸ッ子だい職人だい、気が短けえんだ。面《つら》に酒ぶっかけられちゃ、黙っちゃおれねえだろうが」

正三郎という大工は、頑丈そうな体を揺すってひとりの浪人に吼《ほ》え立てていた。

「それ以上へたな口を利けば、本気で斬り捨てるぞ」

「やるならやってみやがれ！　この三一《さんぴん》野郎ッ！」

正三郎は威勢がいい。猪のように突進して浪人に体当たりを食らわせた。だが、それはすんでのところでかわされ、正三郎は勝手に天水桶《てんすいおけ》に頭をぶつけた。

「三一野郎といったな」

軒行灯《のきあんどん》に浮かぶ浪人の顔つきが変わっていた。

「酒を引っかけられて黙っていられるかってんだ！」

正三郎は天水桶に積んであった手桶を浪人に投げつけた。かわされると、また投げた。まわりで「やめろ、やめろ」という声がようやくあがった。

彦蔵のそばに立つ旅籠の番頭も、

「正三郎さん、その辺にしておかないかい。ほんとに斬られちまうよ」

と、止めようとするが、正三郎は聞く耳を持っていなかった。

彦蔵は浪人が刀の柄《つか》に手を添えたのを見て、

（いかん、本気で斬るかもしれない）

と、危ぶんだ。

正三郎は天水桶にあった手桶を投げ終えると、上下する肩をいからせて、腰にさしていた鑿《のみ》をつかんで身構えた。

「こうなったら死ぬ気の喧嘩だ。黙って引っ込んでられるかってんだ。ちくしょう」

浪人の顔つきも変わっていたが、正三郎も最前より目つきが変わっていた。酔っているからなのか、怖いもの知らずの据わった目になっていた。

浪人がすらりと刀を抜いた。野次馬たちがヒッと息を呑《の》む。

「職人の分際に馬鹿にされては引っ込んでおれぬ。覚悟しろ」

浪人は片手で持った刀の切っ先を、右下方に向けたまま、間合いを詰めた。怯《ひる》まずに身構えている正三郎が、浪人の前進を阻むように鑿を振る。

浪人は臆《おく》せず、さらに間合いを詰めた。片手で持っていた刀を両手で持ち、ゆっくり剣尖《けんせん》をあげてゆく。

「お待ちを……」

声をかけて前へ進んだのは彦蔵だった。野次馬たちが一瞬、彦蔵を見る。正三郎も視線を泳がせるようにして彦蔵を見た。

その刹那《せつな》、彦蔵は浪人の左かかとが浮くのを見た。

(撃ち込む)

そう思った瞬間、彦蔵は地を蹴《け》って前に飛ぶなり、正三郎を押し倒していた。直後、背中に刃風を感じた。すぐさま立ちあがり体勢を整えた彦蔵は、浪人と向かいあう恰《かっ》好《こう》になった。

浪人は頰が削《そ》げたようにこけ、眉毛《まゆげ》が濃く、その目に殺意をみなぎらせていた。

「何があったのかわかりませんが、相手は職人。斬るまでのことはないでしょう」

「なにッ」

浪人は彦蔵をにらむ。

「この人は酒をかけられたといっている。だから腹を立てているようだ」

そうだ、そうだと、正三郎が尻餅《しりもち》をついたままわめいた。

「そやつはまわりの客の迷惑など気にせず、大声で意味もわからぬことをほざいては馬鹿笑いをする。店の女がいやがっておるのに尻を触ったりしてからかっておった。

隣で静かに酒を飲んでおったおれは、我慢ならずに、黙らせようと思っただけだ。それを三一などといいおって……。そこをどけ。武士の沽券《こけん》にかかわること。許すことはできぬ」

「正三郎さん、あやまったらいかがです」

彦蔵は宥《なだ》めるようにいった。

「ふざけるんじゃねえよ。人が何をしゃべろうが、何をしようがおれの勝手だ。金を払って酒を飲んでいるどこが悪いってんだ。それをいきなり、黙りやがれといって酒を引っかけられたんだ」

正三郎は尻を払って立ちあがり、浪人をにらみつける。

「こやつは成敗するしかない。どくのだ」

浪人が詰め寄ってきたが、彦蔵は動かなかった。浪人の眉根《まゆね》にしわが彫られた。彦蔵は湯上がりの浴衣《ゆかた》姿のままだった。彦蔵の脳裏に、吉原宿で辰兵衛が人を斬った場面が浮かんだ。

「無腰でおれに刃向かうつもりか?」

「いいえ」

彦蔵は浪人の目を凝視したまま応じた。

「ならば、そこをどけ」

彦蔵はさっと膝《ひざ》をついて土下座をした。野次馬たちが呆気《あっけ》にとられた顔をしていた。

「わたしに免じてここはまるく収めていただけませんか。お互いにお腹立ちもおありでしょうが、目の前の刃傷沙汰《にんじょうざた》を黙って見過ごすことはできません。それに相手は刀を使えない職人です」

「鑿を振りまわしておるのだ」

「侍に鑿の一本など取るに足りぬことではありませんか」

「おぬし、侍か……」

「しがない田舎侍です」

浪人はしばらく彦蔵を見下ろしていたが、くっくっくと低い笑いを漏らすと、

「興が冷めたわい。田舎侍の若造に頭を下げられてはなァ……」

といって、正三郎に剣先を向けて、

「やい、きさま。今夜はこの男に免じて許してやるが、今度会ったらどうなるかわからぬぞ。よく肝に銘じておけ」

浪人は正三郎をにらみつけたまま、ひとくさり吐き捨てると、刀を鞘《さや》に戻して歩き去った。

翌朝のことだった。

彦蔵が洗面を終えて客間に戻ると、番頭が訪ねてきた。

「お客様、昨夜は大変なところをありがとうございました。お客様が間に入ってくださらなかったらどうなっていたかわかりません」

「いえ……」

「それで昨夜騒ぎを起こした正三郎が玄関に来ておりまして、一言礼を申しあげたいといいます」

「さようですか。礼などいらないのですが……」

「いいえ、あれは気は荒いものの、普段は真面目で腕のいい大工なんです。酒を飲むと見境のなくなるのが玉に瑕《きず》で、いまはおとなしくなっております」

せっかく挨拶《あいさつ》に来てるんだから会ってくれと番頭はいう。彦蔵は勧められるまま玄関に行った。

正三郎は彦蔵の顔を見るなり、肩をすぼめて小さくなり、深々と頭を下げた。

「昨夜はとんだところをお助けいただき、申しわけもありませんでした。そこの番頭さんにも隣のおやじさんにもこってり搾られましてね。いやはやお侍が間に入ってくれなかったら、いまごろあっしは三途《さんず》の川をわたっているといわれました。危ないところをありがとう存じます、へえ、このとおりです」

正三郎はぺこぺこ頭を下げる。

「喧嘩《けんか》したことを途切れ途切れにしか覚えていないという始末です。まったく世話の焼ける男でしてねえ」

番頭が辟易《へきえき》顔でいえば、正三郎は恥ずかしそうに頭の後ろをかく。

「何もなくてよかったです。とにかく命あっての物種ですからね」

「まったくで……」

正三郎は再度頭を下げた。

四

木綿の着流しという楽な恰好で旅籠《はたご》・大和屋を出た彦蔵は、昨夜女中に教えられた口入屋に足を向けた。往還には朝日があたり、商家の前には水打ちがされていた。

すがすがしい朝で、ほんのりした潮の香りを嗅《か》ぐことができた。町屋は昨夜の喧嘩騒ぎなど忘れたかのように穏やかだった。

茶問屋・伊勢屋の前に来ると、彦蔵の歩みがゆるんだ。

（あの女は店の奥にいるのだろうか……）

そんなことを心の片隅で思い、伊勢屋の構えをしげしげと眺めた。老舗《しにせ》の商家らしく、屋根看板は年季が入っていた。出入口にかけてある水引暖簾《のれん》もうっすらと色あせていた。

「あれ、昨日のお侍さん」

彦蔵が伊勢屋の前をゆきすぎようとしたとき、声がかかった。振り返ると、裾《すそ》をちょいとからげ、襷《たすき》をかけ、手ぬぐいを姉さん被《かぶ》りにした昨日の娘が立っていた。何やら楽しそうににこにこしている。

「昨日はどうも……」

何をいっていいかわからず、彦蔵は口ごもった。娘は下駄《げた》音を立てて近寄ってきた。

「昨夜は大変でしたわね。わたし、どうなることかと思って、心配して見ていたんです。でも、お侍さん、えらいわ。あのままだったら、きっと正三郎さんいまごろ生きていないわ」

「見ていたのか……」

娘はひょいと首をすくめた。

「わたし、この店の娘でおまきというの。お侍さんは……」

「おれは……彦蔵……」

「姓は?」

おまきはきらきら光る瞳《ひとみ》を向けてくる。彦蔵はどういおうか迷った。

「松山彦蔵と申す」

育ての親、辰兵衛の偽名を口にした。小早川という本名は、我知らず防衛本能がはたらくのか、めったに口にしてはいけないような気がしていた。それは両親との別れがあまりにも衝撃的だったことと、あのときの尋常ならざる事態を考えるうちに、自然に身についたものだった。

「松山彦蔵さん……とってもいい名ですね」

「それはどうも」

若い女と気安く話すのははじめてのことである。彦蔵は勝手がわからなかった。

「どこへ行くんです? 大和屋さんにお泊まりなんでしょう。いつまでお泊まり?」

おまきは矢継ぎ早に質問してくる。

「この先に佐賀屋という口入屋があると聞いたんだ」

「それじゃ仕事を……」

「うむ」

「仕事が見つかるまでは大和屋さんにいるってことかしら……」

「それはわからぬ」

おまきは一度晴れわたった空をあおぎ見て、彦蔵に顔を戻し、

「いい仕事が見つかるといいですね。それじゃ」

と、ぺこっと頭を下げて、店に戻っていった。

彦蔵は佐賀屋の前まで来て、背後を振り返った。おまきの姿はなかったが、あの笑みの意味は何だろうかと首をかしげた。

彦蔵に応対した佐賀屋の主《あるじ》は、人を値踏みするような目を向けてきて、住まいや年齢、国許《くにもと》、請人のことなどを訊《たず》ねた。嘘をいう必要はないので、彦蔵は正直に答えた。

「生まれは遠州《えんしゅう》で、年は十七、住まいはこれから探します。両親と死に別れたので請人はおりません」

「ご両親と死に別れた……。親代わりになる人はいるんでしょう」

彦蔵は首を振った。

「育ての親はいましたが、その人も……死にました」

いい淀《よど》んだのは、まさか自分が斬ったとはいえないからだった。

「それじゃまったくの独り身で……江戸にはいつまでいるつもりです？」

「身を立てるまでいるつもりです」

佐賀屋は忙《せわ》しくまばたきをして、ふむとうなり、手許の帳面を一度見た。

「請人がいなけりゃ、勤め口はなかなかありませんが、日傭《ひようと》取りならいつでもあります」

「日傭取り……」

「力仕事です。河岸場仕事とか川浚《かわざら》いとか……。金はその日に払ってくれます」

「それでかまいませんが、四、五日あとでもいいでしょうか？」

「いいですよ。日傭仕事はいつでもありますからね」

彦蔵はお願いしますといって、佐賀屋を出ようとしたが、すぐに足を止めた。

「請人といいましたが、家を借りるのにも請人がいりますか？」

佐賀屋は目尻《めじり》に小じわを作って短く笑った。

「さようです。どこの誰ともわからない人に家を貸す大家はいません。まして、その人を保証してくれる人がいなければなおさらのことです」

「……たしかにそうでしょう」

彦蔵は軽いため息をついて佐賀屋を出た。

（請人か……）

誰か頼める人がいないだろうかと思うが、江戸には知り合いなどひとりもいない。それでも何とかなるだろうと気楽に考えた。彦蔵はまだ大人になりかけの青年である。無知ゆえに、怖いもの知らずの一面があった。

その日は江戸のことを知るために、日本橋から両国《りょうごく》、浅草、上野と歩きまわった。見るもの聞くものすべてが驚きであったが、とにかく人の多さに目をみはった。

さらに江戸は、自分の記憶にある生まれ故郷や沼津などよりも、華やかできらびやかだし、活気があった。盛り場ではいろんな声が飛び交い、太鼓や笛の音が渾然《こんぜん》一体となって騒然としていた。

商家もいろいろで、江戸一番の高級店といわれる越後屋《えちごや》は、間口九間、奥行四十間という規模で、周囲の商家を圧倒していた。むろん、越後屋に負けないような大きな店も、一軒や二軒ではないから、ただただ驚くしかない。

さらに彦蔵は気づくことがあった。沼津城下では侍が誰よりも威張っていたが、江戸では少し勝手がちがうように思われた。たしかに身なりのよい侍は堂々と歩いてはいるが、金持ち風情の商人も自信に満ちた顔と態度で、奉公人などをしたがえて歩いている。

(商人も威張れるのが江戸か……)

翌日も彦蔵は江戸市中を歩いたが、その日は育ての親である辰兵衛が師範代を務めていたという道場を探すのが、第一の目的だった。

辰兵衛の兄・清兵衛から、道場は下谷長者町の近衛道場だと聞いていた。だが、彦蔵にはまだ土地鑑がなく、近衛道場にたどり着くまで半日を要した。何度も人に訊ねながら、ようやく探しあてたのだが、その間にもいくつかの道場があった。

江戸という町には、たくさんの道場があり、剣術の稽古《けいこ》に熱心な者が多いのだと思った。

近衛道場は彦蔵が想像していたほど大きな道場ではなかった。それでも、玄関から見える稽古場では門弟たちが掛かり稽古に汗を流していた。

彦蔵は通りに立ったまま、しばらくその稽古を眺めていた。門弟の数は十四、五人だ。師範らしき男が正面の神棚の下に座り、稽古を見守っていた。

師範代らしき男が、ときどき稽古を中断させて指導にあたっていた。門弟らは、みな竹刀に防具をつけている。

彦蔵は防具なしで、それも木刀で稽古をしていたから、ずいぶん軟弱に思えた。辰兵衛から教わったのは剣術だけではなかった。

「戦いというものは命がけだ。死ぬか生きるか。殺すか殺されるか、二つにひとつしかない。何がなんでも勝たなければならぬ。そのために鍛練をしているのだ」

そう諭す辰兵衛は、居合いも柔術も彦蔵に教えた。

「めずらしいところで会うな」

ふいの声に振り返った彦蔵は、目をみはった。

五

そばに立っていたのは、一昨夜の浪人だった。

「これは……」

「広い江戸でつづけざまに会うとはよほどの縁でもあるのか、一昨夜は無様なところを見せてしまったな」

「いえ……」

「何をしているのだ？」

「稽古を見ていただけです」

「入門でもする気か？」

「……いえ」

「これも何かの縁だ。暇があるなら少し話さないか。ついてまいれ」

浪人はそういって先に歩きだした。彦蔵は所在なさそうに立っていたが、すぐにあとを追いかけた。

浪人はしばらく行ったところにある茶店に入り、ここへ座れと彦蔵をうながした。緋毛氈《ひもうせん》の敷かれた縁台に座ると、浪人が茶を注文する。

「おれは桜庭源七郎《さくらばげんしちろう》という。おまえは……」

源七郎がじっと見てきた。削《そ》げたようにこけた頬は無精ひげだらけだが、月代《さかやき》だけは剃《そ》っている。

「松山彦蔵と申します」

彦蔵はしばらくその姓でとおすことにした。

「いずこからやってきた。一昨夜は田舎侍だとかぬかしたが……」

「駿河です」

「江戸見物か？」

「いえ」

「ならば何をしに江戸に来た？」

「それはわたしの勝手で、考えがあってのことです」

源七郎は、うははと短く笑って、おもしろい小僧だといった。

「さては仕官の口でも探しに来たか。もし、そんなことを考えているならあきらめることだ。いまどき、仕官の口などない。せいぜい雇われ中間《ちゅうげん》になるのが関の山だ。幕臣でも役格のない者が有象無象いる世の中だ。悪いことはいわぬ、国に帰ったほうが賢いというものだ。親はどこぞの大名家の家来なのだろう」

彦蔵は黙って茶をすすった。

「ご忠告いたみいります。桜庭さんは何をなさっておられるので……」

「いろいろだ。身過ぎ世過ぎも楽ではないからな。まだ若いようだが、いくつだ？」

「……十七です」

「まだまだ青二才というやつか」

源七郎は、うははと、小馬鹿にしたように笑った。

「さて、そろそろまいるか。金はおれが払うから心配はいらぬ」

「申しわけありません」

源七郎が小銭を置いて立ちあがると、彦蔵もならって立った。

「考えがあって江戸に来たといったが、どんな考えだ」

「それは……」

「人にいえぬことか。ま、よい。人にはそれぞれ事情というものがあろうからな。では、さらばだ」

源七郎はそういって背を向けた。彦蔵もそれを見て反対方向に歩きだそうとしたが、ふいに背中に殺気を感じた。とっさに振り返ると、源七郎がいままさに刀を鞘走《さやばし》らせるところだった。

その刹那《せつな》、彦蔵は俊敏に動いて、源七郎の懐に飛び込みながら自分の刀を半分だけ抜いた。抜かれた刀身は、鞘走らせようとしていた源七郎の柄頭《つかがしら》を押さえていた。

「うむ……」

源七郎は眉間《みけん》にしわを刻んだ。

「なにゆえ、不意打ちなどを……」

彦蔵は源七郎の目を凝視した。殺気はいつの間にか消えていた。

「試しただけだ。……居合いを心得ているのか」

「……」

「気に入ったぞ、松山彦蔵。若いと思って侮っていたが、なかなかの腕があるようだ」

源七郎が体から力を抜いてさがったので、彦蔵も抜きかけの刀を元に戻した。

「もし、国に帰らず江戸にいるつもりなら一度おれを訪ねてこないか」

「なにゆえ……」

「金に困ることがあったら、そうしろ。三河《みかわ》町一丁目に八郎兵衛店《はちろべえだな》という長屋がある。おれの住まいだ」

それだけをいうと、源七郎は今度こそ歩き去っていった。

彦蔵は源七郎が角を曲がって見えなくなるまで見送ってから、きびすを返した。なぜ、よく知りもしない自分に、目をかけるようなことをいったのかわからなかった。きっと魂胆があるのだろうとは思うが、歩いているうちにそのことは忘れることにした。

育ての親である辰兵衛にいわれたことがある。

——人を容易《たやす》く信用するな。この世には善人ばかりがいるんじゃない。大方の人間は下心があり、嘘をついて人を騙《だま》し、欺き、自分だけがよければよいと思っている。そんな人間がうじゃうじゃいる。

桜庭源七郎もそんな人間かもしれないと思うだけだった。

旅籠《はたご》に戻る道すがら、彦蔵には気になる店があった。それは昨日も気づいたことだが、絵草紙屋であった。

　また、一枚刷りの絵に、小唄《こうた》をつけ節をつけて売り歩く絵草紙売りも見かけた。しかし、絵草紙屋には種々の絵草紙があり、錦絵《にしきえ》もあったし、文章のなかに挿絵のある読本《よみほん》も見られた。

　そのほとんどは人物画であった。彦蔵が遊び半分で描いていた野の花や虫、あるいは自然の景色とはまったくちがう世界が描かれていた。

　そんな絵草紙屋に足を踏み入れて、興味津々で眺めていると、

「なにかお探しのものがありますか」

　と、店の者が聞いてくる。

　彦蔵はあれもこれもほしいと思ったが、

「これをください」

　と、一冊を差しだした。

『江戸生艶気樺焼《えどうまれうわきのかばやき》』と表題にあった。

「それは上巻で、つづきの中巻と下巻がありますが、いかがされますか？」

　声をかけてくるのは帳場に座っている好々爺《こうこうや》だった。にこにこと恵比須《えびす》のような顔をしている。

「いや、これだけでよい。気に入ったらまたそのときに……」

彦蔵は手にした上巻だけを買って、旅籠に帰った。

夕餉《ゆうげ》を終えて、早速買ってきた本を眺めて読んでいった。物語もさることながら、彦蔵の興味を惹《ひ》くのはやはり挿絵であった。

そんな挿絵を眺めながら本を読み進めていくが、これが道楽息子の茶番劇で、なんだか馬鹿らしくなった。人に焼き餅《もち》を焼かれたいからと金を湯水のように使う者がいるかと、腹も立ってくる。

ついに、彦蔵は内容などには目もくれず、挿絵のみに熱中するようになったが、そのうち不安が鎌首《かまくび》をもたげてきた。

（いつまでもこの旅籠にいるわけにはいかない。まずは家を借りなければならない）

しかし、それには請人が必要だと聞いている。

さて、どうするかと腕を組む彦蔵は、細い魚油の煙を立ち昇らせている有明行灯《あんどん》を眺めた。

六

大和屋甲右衛門《こうえもん》は、いきなり噴きだした。

「あっははは……。まさかお泊まりのお客に、こんな相談を受けるとは思いもしませんでした。それもお若いとはいえ御武家様ではございませんか」

彦蔵は大和屋を出る間際に、相談をしてみようと、主《あるじ》を訪ねたのであった。他でもない話があるといえば、主の甲右衛門は帳場横の小部屋に案内してくれたのだが、彦蔵の話を聞くなり笑ったのだ。

「やはり無理でありますか」

彦蔵は表情ひとつ変えず、にらむように甲右衛門を見る。

「これは失礼いたしました。そんな怖い顔はなさらないでくださいまし。ただ、請人になってもらいたいとおっしゃるには、それなりの事情があるのでございましょう。こう見えてもわたしはわからず屋ではございません。それに、松山様が一昨夜、喧嘩《けんか》騒ぎを無難に収められたことは知っております。もし、わたしのような者でお役に立てればそれはそれでかまわないのですが、やはり松山様が江戸にどんな事情があってお越しになったのか、そのことを教えていただかないと、何とも返答のしようがありません」

もっともなことだった。

「では、話次第では受けてくださるのですね」

「はい。しかしながら作り話などをされて、あとでお咎《とが》めを受けるようなことがあれば困りますが……」

「正直に話します」

彦蔵は遮っていうと、甲右衛門に一膝《ひとひざ》詰め寄って、真剣な顔で話しはじめた。

「わたしは河遠藩成瀬家の家臣の生まれですが、それはわたしが五歳のことでした」

彦蔵はそう前置きして、自分の両親が藩の使いの者たちに殺されたこと。母親に逃げろと諭され、冬山をひとりで越えたこと。そして松山辰兵衛――ここで諸藤姓は使わないほうがいいと考えたのは、昨日近衛道場を見ていたからだった――という侍に拾われ、育てられたことを話した。

「どんなわけで、ご両親はそんなことに……」

「わたしもたしかなことは知らないのです。しかしながら、わたしは立派な父だったと信じておりますし、母も立派な人だったといまでも思っています」

「それにしても目の前でご両親を……むごいことですな」

甲右衛門は彦蔵の苛酷《かこく》な運命に、同情するような深いため息をついた。

「それでその松山辰兵衛という方が、育ての親になられたのですな」

「さようです」

「その松山様はいかがなさいました。いまも沼津のほうにいらっしゃるのですか……

…」

彦蔵は、人の心を探るような甲右衛門の視線を避けて、目をそらした。この問いには少し考えて答えなければならないと思った。

「何かよからぬことでも……」

「病に倒れてしまったのです」

「それじゃお亡くなりになったと……」

彦蔵はまさか過って自分が斬ったとはいえない。小さく顎《あご》を引いて、うなずいただけだった。甲右衛門はまた同情のため息をついた。

「それで江戸に見えたのは何か考えがあってのことでしょうが……」

「身を立てるためです。これといったあてはありませんが、わたしは何も侍にこだわってはおりません。いざとなれば商人にでも、職人にでもなるつもりです。ただ、どうするかはもう少しよく考えて決めたいと思っているだけです」

「なるほど、感心いたします。松山様はまだお若い。前途のある方ですから、慌てずにじっくりお考えになったほうがよろしいでしょう。わかりました」

甲右衛門はぽんと自分の膝をたたくと、

「少しお待ちいただけますか。こういったことは、わたしの一存で決められることではありませんので……」

といって、部屋を出て行った。

ひとり残された彦蔵は、縁側の向こうにある小庭を眺めた。さっきから清らかなさえずりをひびかせている鶯《うぐいす》がいるのだが、姿は見えなかった。真っ白い花を咲かせた雪柳が、きれいに剪定《せんてい》された躑躅《つつじ》のそばにあった。

縁側から射し込む春の日射しが畳にのびていた。

中座していた甲右衛門は、小半刻《こはんとき》ほどして戻ってきた。後ろ手で障子を閉めると、彦蔵の前に静かに座った。

どことなく表情がかたい。色よい返事を期待していた彦蔵は、にわかに緊張し、霜を置いた甲右衛門の髷《まげ》を見、そして小粒な目を見つめた。

「女房と相談をいたしまして、あれも松山様にいたく同情をしました。この近くにわたしが懇意にしている大家がいますので、今日のうちに話をしてみたいと思います。夕方にでも、もう一度訪ねてきていただけますか。そのときにはっきりしたことを話せると思いますので……」

「よろしくお願いいたします」

彦蔵はほっと胸をなでおろす思いで、頭を下げた。

大和屋を出た彦蔵は、江戸に来たときと同じ旅装束で暇をつぶした。遠出はせずに、大和屋の近くをあてどなく歩き、増上寺《ぞうじょうじ》の山門をくぐり、境内をまわってみた。大きな寺である。周辺には子院も多かった。増上寺を出ると、東海道を横切り、浜辺まで歩いた。

海側には大きな大名屋敷があった。看板でも掛かっていればどこの国の大名かわかるのだろうが、彦蔵には見当がつかなかった。

岸壁に打ちよせる波と、遠くに浮かぶ舟を眺めた。きらめく海に浮かぶ舟は、白い帆を広げてはいるが、止まっているのか動いているのかわからなかった。

足許《あしもと》の岩場を蟹《かに》が歩いていた。その蟹をじっと見つめて、また遠くの海を眺めて目を細める。

考えなければならないことはいろいろあった。家が借りられるかどうか。この先どうやって生計を立てようか。仕事につくとすれば、どんな仕事があるのだろうか。また、自分は何になろうとしているのか。何をめざせばいいのか。

これまでそんなことを真剣に考えたことはなかった。だが、これからはひとりで生きなければならない。悠長なことはしていられない。

さらに、幼いころから疑問に思っていることがあった。

なぜ、両親は殺されなければならなかったのかということだ。母は、父は他人に恥じることのない立派な人だといった。その父が藩に対して不満を口にしていたのは、おぼろげに覚えているが、幼かった彦蔵にはむずかしすぎてよくわからなかった。

(いったいなぜ、あんなことに……)

疑問は胸の奥に謎として残っているままだ。そんなことを考えていると、真実を知りたいと思う欲求が胸の内にわきあがってきた。

(そうなのだ。このまま真実を知らぬままではいかぬ)

きゅっと唇を引き結び、まぶしそうな目で海を眺める彦蔵は、落ち着いたらまずはその謎を解こうと決めた。

日が傾きはじめたころ、彦蔵は浜辺を離れた。茶問屋・伊勢屋が近づくと、なぜか胸がはずんだ。我知らず足をゆるめ、立ち止まっては暖簾《のれん》のかかっている出入口を眺め、おまきが出てこないかと期待したり、暖簾の奥にある暗い土間に動く影を見ると、ドキッと胸を高鳴らせ、おまきではないかと思ったりした。しかし、その日おまきに会うことはなかった。

日が沈みかけたころ、大和屋を訪ねると、今朝通された小部屋に案内された。主の甲右衛門はにこやかな顔で、

「松山様、運がようございます。早速あのあと、文次郎《ぶんじろう》さんにあなたのことを話してみますと、わたしの紹介でもあるし事情も事情ですからと受けてもらうことになりました。あ、文次郎というのは大家でしてね、わたしと親しくしている気のいい男です」

と、少し恩着せがましいことをいったが、彦蔵は安堵《あんど》した。

「証文を作りますので、これから文次郎さんの家にまいりましょう」

そのまま甲右衛門に案内され、文次郎の家に行くと、書面に署名をして証文が調った。

文次郎は顎のとがった面長で、髪の毛がほとんどなく、やっと髷を結っているという初老の男だった。

「それにしても大変なご苦労をされたのですな。まだ、お若いというのに……」

調った証文をしまいながら文次郎は、しげしげと彦蔵を眺めた。

「いえ……」

「とにかく、大和屋さんが請人になってくださってはいますが、家賃はきちんとお支払いいただきますよ。それに揉《も》め事や喧嘩《けんか》などはご勘弁願います」

「それはもうご心配なく」

「大和屋さんの遠縁ということにしてありますので、何かあれば大和屋さんに迷惑をかけることにもなりますからね」

「はは、大和屋の旦那《だんな》には感謝するばかりです」

彦蔵は甲右衛門を見て小さく頭を下げ、

「それで、もう住めるんでしょうか」

と、甲右衛門と大家の文次郎を見た。

「もちろんですとも」

文次郎が応じた。

七

翌日、彦蔵は同じ長屋の連中に挨拶《あいさつ》をして、生活に必要と思われるものを揃えた。おはまという世話好きの大工の女房がいて、あれこれいってくれたのにも助けられ、いよいよ彦蔵の江戸での暮らしがはじまった。

文次郎店《だな》に落ち着くと、彦蔵は日傭《ひようと》取りの仕事に出た。これは武家地に流れる堀川の川浚《かわざら》いであった。

朝から夕刻まで川にはいって泥にまみれ、泥を運ぶ。重労働であるが、一日の手当ては三百五十文だった。年季が入って親方に認められると、四百文になるという。きつい仕事だが、他に職のない彦蔵にとってはありがたいことだった。それにまだ若いので、多少の力仕事は苦にならなかった。

「若い身空でなんでこんな仕事してんだ？」

暇ができたり、一服つけるときに、人足たちが話しかけてきた。

「手に職がないもんで……」

彦蔵は仕事をしているうちに、町人言葉で応じるようになった。自分が二本差だということは伏せていたし、また話すつもりもなかった。

日傭取り仕事は川浚いだけでなく、日によっては河岸場へ行って舟の荷下ろしや荷積みなどの仕事もあった。いずれにしろ力仕事に変わりはない。

十日ほどすると、日傭取りにどんな人間がやってくるかが大方わかった。手に職のない者もいれば、入れ墨者もいたし、在からの出稼ぎもいた。どちらかというと酒や博奕《ばくち》の好きな怠け者が多く、人生から落ちこぼれてしまったような者たちだった。現場を仕切る親方もその辺のことを心得ているらしく、扱いが粗雑で言葉も乱暴だった。

おまきとばったり会ったのは、日傭取りに出て半月ほどたったときのことだった。それまで何度も伊勢屋の前を通っては、今日は会えるのではないか、明日は会えるのではないかと思っていただけに、必要以上に胸が高鳴った。

「しばらくですね」

おまきは使いの帰りらしく、折りたたんだ風呂敷《ふろしき》を手に持っていた。

「ああ」

彦蔵は汚れた顔を手の甲でぬぐった。腹掛けに半纏《はんてん》、股引《ももひき》という人足のなりだった。

「文次郎店に住んだんですって」

「大和屋さんのお陰でね。よく知っているな」

「日傭取りに出ているのも知っているわ」

おまきは背を向けて少し歩いた。それからくるっと振り返った。目が少しきつくなっていた。

「松山さんはお侍でしょう。どうして日傭取りなんかやるの？」

「どうしてって……」

彦蔵はおまきの咎《とが》めるような口調に戸惑った。

「まだ若いんですから、もっとちゃんとした仕事につくべきよ。そりゃ日傭取りが悪いっていうんじゃないけど、松山さんはもっとちがうことができるはずではないの。わたしはそう思います」

「はあ……」

「その日暮らしをするような年ではないでしょう。松山さんのことをよく知っているわけではないけれど、もっとしっかりしたことをしなきゃ……。そうしないと、人生をふいにしてしまうんじゃないかしら」

「人生をふいに……」

彦蔵は頭を殴られたような気がした。

「そうよ。松山さんは、まだ若いんだし、いろんなことができるはず。なにも好んで日傭取りなんかすることないわ」

「好んでやっているわけではないが……」

「なんだか情けない」

おまきはそういうと、ぱたぱたと草履《ぞうり》の音を立てて数間走ってから立ち止まった。彦蔵が呆然《ぼうぜん》とした顔で立っていると、おまきがゆっくり振り返った。

「ごめんなさい。余計なお世話でした」

おまきはぺこりと頭を下げると、そのまま自分の店のほうに駆けるように歩き去った。

彦蔵はぼんやりした目を、夕暮れの空に向けた。おまきに情けないといわれたことが胸に応《こた》えていた。しっかりしなければ、人生をふいにするともいわれた。

(そうかもしれない)

彦蔵は唇を噛《か》んで、足許《あしもと》の地面に視線を落とした。

(おれは日傭取りをしに江戸にやってきたのではなかったはずだ)

長屋に帰った彦蔵は、居間と寝間を兼ねた部屋で座禅を組んだ。死に別れた自分の両親のことや養父・辰兵衛のことが、いやがおうでも脳裏に甦《よみがえ》る。

生みの親も辰兵衛も、自分が泥と汗にまみれて生きることを望んではいないはずだ。それに、やはり自分は武士の子であるし、辰兵衛がなぜ剣術や武士の作法を教えたのかと考えた。

長い間瞑想《めいそう》していた彦蔵は、カッと目を開けた。

（やはり武士として身を立てるべきではないか……）

仕官はむずかしいと聞いているが、端《はな》からあきらめる必要はないはずだ。だったらどうすればよいかと考えると、自《おの》ずと答えが出てきた。

（まずは自分の腕をたしかめるべきだ）

そう心に決めた彦蔵は、翌朝、身なりを整えて長屋を出た。着流し姿に大小を差しただけではあるが、目は輝きを放っていた。

行き先はすでに決めていた。この界隈《かいわい》で最も大きな道場が、幸橋《さいわいばし》に近い伏見《ふしみ》町にあった。門弟の数も五十人は下らないだろうと思われた。流派も道場の名もわからなかったが、場所だけは頭にはいっていた。

東海道を避け、閑静な愛宕下《あたごした》大名小路を北へ辿《たど》った。道の両側は立派な長屋門のある大名屋敷ばかりだ。ときどきその門が開き、乗物や馬に乗った立派な武士が出てきた。大名か江戸家老、もしくはそれに準ずる人物と思われた。

乗物や馬のまわりには槍《やり》持ちや若党がつき、そのあとに足軽や挟箱《はさみばこ》持ち、草履取りなどがしたがっていた。供の数はその人物の家格によって変わるが、彦蔵の目には誰もが一国一城の主《あるじ》に見えた。

（河遠藩の屋敷もあるのか……）

そう思ってまわりを見るが、わからない。いずれ探して、たしかめておかなければならなかった。

めあての道場についた。道場の玄関は開かれており、若い門弟が朝日をはね返す床に雑巾《ぞうきん》掛けをしていた。道場脇には、大きな看板が掛けられている。

「凌宥館《りょうゆうかん》」と書かれた文字の上に「剣術指南処」と大書されていた。さらに、「凌宥館館長　堀新十郎《ほりしんじゅうろう》」という添え書きがあった。

「お頼み申す」

彦蔵は声を張って、道場玄関に足を踏み入れた。

第四章　船宿

一

雑巾掛けをしていた若い門弟が彦蔵の声に驚いて、顔を向けてきた。三人とも彦蔵と同じような年ごろに思われた。

「何か御用で……」

ひとりの門弟が立ちあがって聞いた。そばかすの顔に汗を光らせている。

「道場主にお願いがあってまいった。わたしは松山彦蔵という浪人である。取次を願いたい」

「約束でもあるのだろうか……」

そばかすが近づいてきて、式台の上から見下ろす。他の二人は雑巾を片手に持ったまま立ちあがっていた。

「約束はしておりませんが、是非にも相談に乗ってもらいたいことがあるのです」

「先生は約束をしていない人には会われない。どんな相談か知らぬが、出なおされよ」

彦蔵は目に力を入れて、相手をにらむように見た。

「では、いかようにすれば約束できる。手順を踏めと申されているようだが、田舎出のわたしにはよくわからぬので、お教え願いたい」

「入門であろうか……」

そばかすの背後にいた背の高い男がいった。

「ご指南お願いしたいだけだ」

三人は互いの顔を見合わせた。

「ま、いい。先生に話してこよう。田舎出と申されたが、いずこから……」

背の高い男が他の二人を見て、彦蔵に聞いた。

「駿河です」

背の高い男は道場奥の出入口に消えた。

彦蔵は三和土《たたき》に立ったまま待った。雑巾を持った門弟二人は、彦蔵を見張るように立っている。

武者窓から射し込む光が、格子の影を作っていた。その向こうから鳥のさえずりが聞こえてくる。道場の正面には、注連縄《しめなわ》を飾った神棚。その下は三、四寸ほど高くなった見所になっており、右側に古い鎧兜《よろいかぶと》が飾られていた。

壁の一方に門弟の名を記した木札が掛けられている。その数、ざっと五十程度。

「若い客人とはそのほうか……」

道場の奥から老人があらわれた。そのすぐ後ろにさっきの背の高い門弟がついてきた。

「先生」

雑巾を持ったままの二人の門弟が、老人を見て声を漏らした。老人は意にも介さずに、彦蔵のそばに来ると、

「まあ、あがりなさい。話を聞きましょう」

老人は飄々《ひょうひょう》と彦蔵をうながして、神棚の下に「よっこらしょ」といって座った。

彦蔵は半ば拍子抜けしていた。これが道場主だろうかと、首をかしげたくなった。

「わたしがこの道場の主だ。堀新十郎と申す」

「松山彦蔵と申します」

「さて、相談があるということだが、入門したいということであろうか？」

堀新十郎は六十をとうに越えている。ひょっとすると七十過ぎかもしれない。五尺二寸あるかないかの小柄な体に、白髪の髷《まげ》はうすくなっており地肌がのぞいていた。おまけに腰も少し曲がっているようだ。それによろけるような歩き方だった。

「入門ではありませんが、わたしは自分の腕がいかほどなのかわかりません。それを知りたくて、こちらに伺いました」

新十郎は白い眉《まゆ》を上下させた。

「腕試しに来たと……。まさか道場破りのつもりでやって来たのではなかろうな」

「腕を試したいだけです」

「試していかがする？」

彦蔵は、わかりませんと答えた。他にいいようがないのだ。

「剣術を習ってどのくらいだね」

「十年はたっています」

「どこで教わった？」

「父から指導してもらっただけで、試合をしたことはありません」

そばにいた門弟の三人が、くすくすと笑うのが聞こえた。

「すると免許もなにもないと……」

「さようで……」

新十郎は白眉《はくび》の下にある両目を泳がせて、こほこほと、短く咳《せき》をした。

「生きていると、おもしろいことがあるものだ。ただ自分の腕を知りたいというだけで、当道場を訪ねてくる者がいようとは夢にも思わぬこと。よろしい。しからば、腕試しをやってみるがよい。相手は……」

新十郎は三人の門弟を見て、

「野々村《ののむら》、相手をいたせ。竹刀を使うので、素面籠手《こて》なしでよかろう。松山殿、それでよいかね」

「わたしはいっこうにかまいませぬ」

新十郎に名指しされたのは、そばかすの男だった。

すぐに支度がされ、がらんとした道場で彦蔵は野々村と対峙《たいじ》した。

間合い二間で、蹲踞《そんきょ》の姿勢から立ちあがった。野々村がすすっとすり足を使って詰めてきたが、彦蔵はそのままの位置で、小首をかしげたくなった。

(隙だらけだ)

野々村はさらに間合いを詰めてくると、「きえーッ!」と奇声を発して面を撃ちにきた。彦蔵はすっとわずかに体を動かしただけでかわし、一間ほど飛びのくと、だらりと片手一本で竹刀をさげた。

野々村は眉をひそめ、床板を蹴《け》って竹刀の切っ先をのばしてきた。バシッ。彦蔵は下からはねあげた。軽くいなしたつもりだったが、野々村の竹刀は手を離れ、天井にあたってから床に落ちた。

「そこまで」

新十郎の声がかかった。野々村は竹刀を拾いもせず目をぱちくりさせている。

「野々村、不覚をとったな。つぎは、富田《とみた》」

指名された富田は、背の高い男だった。

作法にしたがって彦蔵と富田は、静かに立ちあがった。すぐに富田は間合いを詰めてくるや、突きを送り込んできた。彦蔵は首だけを動かしてかわした。

富田は連続技で突きを送り込む。二度、三度。彦蔵はその場を動かずに、スッスッとかわす。

「むむッ……」

富田の目が血走り赤くなった。突きが通用しないと知ったのか、青眼から八相に構えなおした。すでに額に汗を浮かべ、息を切らしたように肩を上下させている。

彦蔵はふうと、短く息を吐いた。つまらないと思った。まったく自分の相手ではない。富田がつぎに何をやろうとしているのか、彦蔵には手に取るようにわかるし、その動きはまるで赤子のようにのろく見えた。

トンと、富田が床を蹴って横面を撃ちにきた。彦蔵は右足を斜め前方に送り込みながら、竹刀を横に薙《な》ぐように振りきった。

ビシッ！　肉をたたく音が道場中にひびきわたった。直後、富田は腹を押さえ、うめきながら膝《ひざ》からくずおれ、うずくまったまま立てなくなった。

そのとき、玄関に人の入ってくる気配があった。彦蔵が見ると、六、七人の門弟が立っていた。

「これはよいところへ来た」

新十郎がほこほこと笑うような顔で、玄関にいる男たちに声をかけた。

「先生、何をなさっているのです？」

先頭に立つ、体つきのよい男だった。年のころ四十前後で、鋭い双眸《そうぼう》を彦蔵に向けた。

「これにおられるのは松山彦蔵殿と申される若武者だ。野々村と富田の稽古《けいこ》相手をしてもらったのだが、どうも物足りぬ。若い御仁だが、なかなかの腕だ」

「まさか道場破り……」

「いやいや、そんなことではない。そうじゃ、おまえさんが相手をしてくれぬか」

「それはまた唐突なこと……」

その男にはかまわずに、新十郎が言葉を継いだ。

「松山殿、そこにいるのはうちの師範代で市原光太郎《いちはらこうたろう》と申す者だ。相手をしてもらおう」

「望むところです」

「だが、さっきのようにうまくいくかどうか、それはわからぬぞ」

彦蔵は市原光太郎を見た。光太郎もにらむように見返してくる。

二

市原光太郎が支度を調えている間に、つぎつぎと門弟らが道場にやってきた。その数二十数人になった。彼らは何が行われているのかわからず、ひそひそと言葉をかわして、野々村や富田から話を聞いて、ようやく納得したような顔になった。

「では、まいろうか……」

支度を終えた光太郎が道場中央に進み出てきた。袴《はかま》を端折《はしょ》り、襷《たすき》をかけていた。正座して待っていた彦蔵は、すっと尻《しり》をあげると、光太郎との間合いをはかり蹲踞の姿勢になった。軽く竹刀の切っ先をあてがい、ゆっくり立ちあがった。

足許《あしもと》の床が武者窓から射し込んでくる日の光を照り返していた。表ではのどかな鳥の声がしているが、道場内はしーんと音もなく静まりかえった。

（今度はちがうな……）

間合いをはかって対峙する光太郎を見て、彦蔵は胸の内でつぶやいた。隙がないのだ。立ち姿も様になっているし、何よりがっしりした体格が威圧感を与える。

しかし、彦蔵には少しも臆《おく》する気持ちがなかった。今度は先に前へ出た。一寸、また一寸と出ると、光太郎はその間合いを外すように左に動く。

両者共に青眼の構えだった。光太郎が左にまわった。彦蔵は慌てずに相手の動きに合わせる。光太郎が立ち止まって、上段の構えに移った。

彦蔵は右下段に竹刀をおろし、ゆっくりと体の右にくるように動かした。

光太郎が眉宇《びう》をひそめた。踏みだそうとした足を止め、今度は右に一尺ほど動いた。

彦蔵は動かない。

「うむ……」

小さくうなった光太郎の額に小さな汗が浮かんでいた。門弟らは固唾《かたず》を呑《の》んで見守っている。

「とおーッ!」

光太郎が気合いを発した。だが、仕掛けてはこなかった。

彦蔵は相手に悟られないように、すうっと静かに息を吐いて吸う。竹刀をにぎる手と肩から力を抜き、すっと前に出た。刹那《せつな》、光太郎が迅雷の勢いで撃ち込んできた。端折っている袴が風をはらみ、光太郎の鬢《びん》の後れ毛が風になびいた。竹刀は彦蔵の脳天めがけて撃ち下ろされてくる。

彦蔵は太刀筋を見切った。その瞬間、体を斜めにひねり光太郎の攻撃を受け流すように背後にまわりこむなり、その尻を片足で蹴った。

尻を蹴られた光太郎は、その勢いをかって、道場の羽目板に体当たりするように衝突した。光太郎は軽い脳震盪《のうしんとう》を起こしたのか、ぶるっと頭を振った。

「卑怯《ひきよう》だぞ!」

見学している門弟のひとりがわめいた。「そうだ、卑怯だ」という声がいくつかあがったが、彦蔵はいっこうに気にしなかった。

立ちあがった光太郎が口をねじ曲げて、彦蔵の前に立った。逆上しているような目つきで、顔をまっ赤に紅潮させていた。

「許さぬ」

そう吐き捨てるやいなや、鋭い突きを送り込んできた。刹那、彦蔵はその突きを受け入れるように自らの体を光太郎に寄せていった。相手が突いてきた竹刀は彦蔵の脇をすり抜けたが、彦蔵の竹刀は光太郎の首にぴたりと添えられていた。

はっと目をみはったまま、光太郎は地蔵のようにかたまった。

「そこまで」

新十郎が声を発した。

「まだ勝負はついておりません」

門弟のひとりが意見したが、新十郎はゆっくり首を横に振り、

「竹刀が真剣なら、市原の首は落とされている」

といった。意見した門弟は、はっと気づいた顔になった。

彦蔵は光太郎から静かに離れて一礼したが、負けた光太郎は信じられないという顔で呆然《ぼうぜん》と立ちつくしていた。

それを見た新十郎が、彦蔵に声をかけた。

「松山殿、お若いのになかなかの腕前。感心いたした。だが、ここにいる門弟らは貴殿の勝ちを認めておらぬようだ。なぜなら剣術の作法にない技を貴殿が使ったからで

ある。しかしながら、わしは貴殿の技を認める。勝負は貴殿の勝ちである」

門弟らがにわかにどよめくような声を漏らした。しかし、新十郎が片手をあげて制した。

「きれいに勝つのが勝負ではない。斬るか斬られるかの命のやり取りをするときには、どんな技を使おうがかまわぬのだ。生きるか死ぬかのときに、汚い、汚くないという言葉は通用せぬ。ようは斬られなかった者が生き残るだけだ」

彦蔵は竹刀を納めて、道場中央に正座した。光太郎は悔しさをにじませた顔でうつむいていた。新十郎がつづける。

「しかしながら、ここで教えているのは道場剣法。合戦場で戦う介者剣術ではない。松山殿、そのことをお汲《く》みおきくだされ」

彦蔵は瞼《まぶた》を伏せてうなずいた。

「わしと立ちおうてみるか」

新十郎はにこりと笑った。門弟らが慌てたように尻を浮かした。

「自分の腕がいかほどのものか知りたいのであろう。遠慮はいらぬ。道場剣法など使わずともよい。好きにかかってくればよい。こんなことはわしにとっても一生に一度あるかないかだからな。さあ、立ち合おうではないか」

「先生」という声があちこちから飛んできた。その声には、やめたほうがよいというひびきがあったが、新十郎は意にも介さず飄々《ひょうひょう》と彦蔵の前に出てきた。

「よろしいので……」

「年寄りだからといって遠慮いたすか。いらぬことだ。さあ」

さっと、新十郎が竹刀を構えた。それを見た彦蔵はゆっくり立ちあがった。

間合い二間で向かい合う。新十郎は小柄である。彦蔵は見下ろす形で、竹刀を下段に構えた。だが、新十郎には一切の隙がない。

両者そのまま床に足が吸いついたように動かなかった。

新十郎の目はそれまでとちがい、老獪《ろうかい》さと獰猛《どうもう》さを秘めていた。

(これは……)

彦蔵は戸惑った。こんなはずではないと、胸の内でつぶやきもする。

「かかってくるがよい」

新十郎が誘いの声をかけた。彦蔵はその声に釣られたように前へ動き、剣尖《けんせん》をのばした。竹刀はそのまま新十郎の横首を撃つはずだった。ところがそうはならなかった。

新十郎の姿が一瞬、彦蔵の視界から消えたのだ。あっと、息を呑んだとき、彦蔵は自分の脛《すね》に鋭い痛みを感じていた。思わず片膝《かたひざ》をつくと、上段から鋭い撃ち込みが襲いかかってきた。片手竹刀でかろうじて受けたが、もう勝負は決まっていた。

「……まいりました」

彦蔵が素直に負けを認めると、新十郎はにやりと笑った。そのときにはもう、それまであった迫力はなく、ただの老人に戻っていた。

師匠である道場主が勝ったことで、見学をしていた門弟らから安堵《あんど》のため息が漏れた。

三

「おいくつであられるか……」

新十郎は淹《い》れた茶を差しだしながら、彦蔵に訊《たず》ねた。道場から新十郎の母屋に移っているのだった。

「十七です」

「ほう、お若いな。それにしてもよい腕だ。師匠はよほどの方だったのだろう」

彦蔵は黙って茶を喫した。

「わしがどんな技を使ったかおわかりか……」

新十郎はにこにこしている。こうやって見るとただの老人である。彦蔵はこんな老人に負けてしまったのかと、気落ちした。

「わかりません」

「〝脱《ぬけ》〟という技だ。竹刀を合わせることなく、相手の内懐にはいる技だ。一朝一夕に会得できるものではない。そのあとで、わしは脛《すね》打ちを使っただけだ」

「脛打ち……」

「さよう。岡田《おかだ》惣右衛門《そうえもん》という者が、よく使う手である。わしは惣右衛門からその技を盗んだ。手強《てごわ》い相手だ。貴殿より二回りほど年長の剣客だ。ひょっとして知っておられるか……」

いいえと、彦蔵は首を振った。新十郎のいう岡田惣右衛門は、柳剛流《りゅうごうりゅう》の創始者である。

「わしは見てのとおりの年寄り。貴殿とまともに戦えば、息が切れて体がもたぬ。勝負を長引かせては不利になる。だから、いま申した技を使ったのだ」

「それでも負けは負けです」

「勝負は……とくに真剣で立ち合う場合は、瞬息でなければならぬ。だが、わしはもう真剣での立ち合いなどできぬ体。これだけ耄碌《もうろく》しておれば、竹刀を振りまわすのが精いっぱいじゃ」

ふぉふぉふぉっと、新十郎は顔中をしわだらけにして自嘲《じちょう》の笑いを漏らした。

「しかしながら貴殿は、剣客にでもなられる気か？」

「いえ、その気はありません」

「さようか。いまの世で、剣客を気取っても暮らしは立たぬからな……」

新十郎はしみじみとした口調でいって、曇りはじめた空に目を向けた。それから彦蔵に顔を戻した。

「気が向いたらまた遊びに見えるがよい。年寄りの茶飲み話を聞いてもつまらぬだろうが、暇つぶしにはなるだろう。それに貴殿のことも知りたいからな」

新十郎はそういって、湯呑《ゆの》みを置いた。

それを見た彦蔵は、立ち合いの礼をいって辞すことにした。

表に出ると、いつの間にか雲行きがあやしくなっていた。一雨来るかもしれないと、空を見あげる彦蔵だが、年寄りに負けたという悔しさが尾を引くように残っていた。

それでも、自分の力量をある程度知ることができたし、もっと鍛練しなければならないと反省もする。しかしながら、剣術で身を立てるのは並大抵のことではなさそうだ。堀新十郎も剣客を気取っても暮らしは立たないといった。

おそらくそんな世の中なのだろうと、彦蔵は思う。

（では、どうやって身を立てればよいのだ）

立ち止まって遠くを見る。

日傭《ひようと》取りの仕事をすれば、またおまきに咎《とが》められるだろう。

そう思ったとき、ぽつんと小さな雨粒が頰をたたいた。これはいかぬと思った彦蔵は、雨を避けるように家路を急いだ。

長屋に入る直前に、雨脚が強くなり、地面に飛沫《しぶき》があがった。家に飛び込むようにはいった彦蔵は、ほっと安堵のため息をつき、上がり框《がまち》に腰をおろして、路地に降る雨を眺めた。

とにかく遊んで暮らすわけにはいかない。何かをしなければならない。そんな思いが彦蔵を焦らせた。何かないかと考える矢先に、桜庭源七郎の顔が浮かんだ。

それから源七郎にいわれた言葉を思いだした。金に困ることがあったら一度訪ねてこいと源七郎はいい、自分の住まいを口にした。

信用のおけそうもない胡散臭《うさんくさ》い浪人だが、いまは頼る人間がいなかった。どんな金《かね》儲《もう》けがあるのかわからないが、一度訪ねてみようかという気になった。

（話だけでも聞いてみようか……）

彦蔵は顔をあげて、雨を降らす暗い空を見て、腰をあげた。長屋を出ると近所の荒物屋に飛び込んで傘を買い求めた。

雨はいっとき強く降ったが、そのあとは絹糸を引くような落ち着いた降りになった。

桜庭源七郎の住まいは、三河町にあると聞いている。それがどこなのかわからない彦蔵は、傘を買うおりに店の者に訊ねて、大まかな場所を教えてもらった。三河町に行けば、またそこで人に聞けばいいと考えていた。

宇田川町《うだがわちょう》を過ぎ柴井町《しばいちょう》にはいってすぐだった。道の端で下駄《げた》の鼻緒が切れたらしく、しゃがみ込んで往生している女がいた。よく見ると、伊勢屋のおまきである。

「どれ、貸してみろ」

声をかけて彦蔵がしゃがむと、おまきが驚いたようにまばたきした。

「松山さん……」

「この鼻緒はもうだめだ」

彦蔵はおまきを見ずに、自分の手ぬぐいを引きちぎると、それを器用に縒《よ》って鼻緒の代わりにして、下駄の穴に通して結んだ。

「これで大丈夫だ」

「ありがとうございます」

おまきは殊勝に礼をいって、下駄を履きなおして立ちあがった。助かったわと微笑む。

「使いの帰りか……」

彦蔵はおまきが手にしている風呂敷《ふろしき》包みを見て聞いた。

「すましてきたところよ。松山さん、お急ぎ……」

「いや」

「それじゃそこで少し休みません。下駄のお礼をいたします」

おまきは近くの茶店を見てからいった。

「それには及ばない」

「お急ぎではないんでしょう」

「そうだな。では、付き合おう」

彦蔵はおまきと肩を並べるようにして茶店の縁台に座った。そのときになって、どきどきと心の臓が高鳴りはじめた。落ち着け、落ち着けと自分にいい聞かせて、運ばれてきた茶に口をつけた。

「松山さんには、やはりお侍の恰好《かっこう》がお似合いだわ」

「そう……」

「そんなお姿を見て安心しました」

おまきは湯呑みを両手で包んだまま、通りを眺めていう。何となく安心したような口ぶりだった。彦蔵は何を話していいかわからなくなった。おまきもしばらく口をつぐんでしまい、気まずい間があった。

目の前を裸足《はだし》の子供が元気よく駆けていった。すると、また二人の子供が、先に走り去った子供を追いかけるように駆け抜けていった。膝《ひざ》切りの着物姿で、水溜《みずた》まりも気にせず飛沫をあげて駆け、少し先の路地に飛び込むようにして消えた。

「いいな……」

彦蔵がつぶやくと「何が？」と、おまきが顔を向けてきた。

「いま前を通っていった子供たちだよ。おれもあんな年ごろのときに、友達と遊びたかった」

おまきは長い睫毛《まつげ》を上下させ、小首をかしげる。

「だけど、できなかった」

「なぜ？」

「親が厳しかったから遊べなかったのだ」

彦蔵は養父・辰兵衛の顔を思いだしながらいった。

「ようやく遊べると思ったときには、まわりの子は親の手伝いをしていた。浜で網を曳《ひ》いたり、魚を干したり、畑を耕したり、親といっしょに大八車を押していた」

そんな光景が脳裏に甦《よみがえ》った。

「みんな十を過ぎると親の手伝いだ。それに江戸も似たところがある。ほら、向こうの店の小僧だってそうだ」

通りの反対側にもぐさ屋があった。店先の薪束《まきたば》を片づけている十二、三歳と思われる小僧が、店から出てきた客に頭を下げていた。

「それじゃお友達がいないってこと……」

「ふふ、そうだな」

笑って誤魔化すしかなかった。

「代わりに、剣術の稽古《けいこ》と読み書きを覚えるのに必死になった。それも悪くないのかもしれない」

「遊んでいるよりは、よっぽどましよ」

「そうか、ましか……。おまきさんは、どうなんだ？」

彦蔵はおまきをまっすぐ見た。

「わたしはたくさんお友達がいるわ。でも、もうめったに遊ぶこともないし、会うこともないけど……。ねえ、松山さん、おまきさんなんてよして。おまきでいいわ」

「呼び捨てなんて……それじゃ、おまきちゃんと呼ばせてもらおう」

「いいわ。じゃあ、わたしは彦蔵さんと呼びます」

おまきはひょいと首をすくめて笑った。彦蔵も何となく嬉《うれ》しくなって、笑みを返した。そのことで、二人の間にあった硬いものが取れた気がした。

「さあ、あまり道草していると怒られるからわたし行きます」

おまきはそういうと、茶の代金を置いて立ちあがった。

「彦蔵さん、さっきはありがとう」

「いや……」

先に帰っていくおまきを見送ってから、彦蔵は立ちあがった。

四

竜閑橋《りゅうかんばし》をわたり、鎌倉河岸《かまくらがし》にはいったところで、雨がぱたりとやんだ。西のほうの空を見ると、早くも晴れ間がのぞいている。

彦蔵は傘をたたんで、しずくを払った。そこは火除地《ひよけち》になっている河岸道だが、とくに河岸場になっているわけではなかった。江戸城はお堀のすぐ向こうにある。手前の大名屋敷の甍《いらか》越しに、その姿が見える。天守閣はないが、やはりその規模には圧倒されるし、江戸は将軍家のお膝許《ひざもと》なのだなとあらためて思わされる。

ところどころにできている水溜まりが、雲間から射してくる日の光を照り返した。通りにある商家は、雨を嫌って巻きあげていたり、下げていた暖簾《のれん》を元に戻している。

瀬戸物問屋の前で、大八車から荷をおろしている奉公人がいた。

彦蔵が声をかけると、若い奉公人は前垂れで手をぬぐいながら、何でしょうという。

彦蔵は三河町一丁目の場所を聞き、ついでに八郎兵衛店を知っているかと訊《たず》ねた。

「八郎兵衛店でございますか……。わたしにはわかりませんが、番屋でお訊ねになったらいかがでしょう」

「そうだな。いや、邪魔をした」

彦蔵はそのまま三河町一丁目に足を向けた。八郎兵衛店は煙草屋で訊ねるとすぐにわかった。稲荷《いなり》神社の前にある路地を入ったところがそうだった。

どぶ板の走る路地にはいると、腰高障子を開け放しにして赤子をあやしている女房がいた。

「ここに桜庭さんという侍が住んでいると聞いているのだが、どこであろうか？」

乳を吸っていた赤子が、彦蔵を見て「あぶあぶ」といって微笑んだ。

「桜庭さんだったら、向こうの井戸から二軒目です」

しかし、桜庭源七郎の家の戸は閉まっており、訪《おとな》いの声をかけても返事はなかった。留守のようだ。さっきの女房のところに戻って、

「出かけているようだが、いつ戻るかわからないか？」

「さあ、何をしているかわからない人ですし、家を空けるのはめずらしくありませんからねえ」

「では、どこへ行っていつ帰ってくるかもわからないということか……」

「わたしには……」

突然、赤子が泣きはじめたので女房はあやしにかかった。

せっかく来たのに会えないのは癪《しゃく》である。彦蔵は時間をつぶして、もう一度訪ねてこようと思って長屋を出た。そのとき、鐘の音が雨あがりの空にひびきわたった。

鐘は九つ（正午）を告げていた。

飯もろくに食わずに、淩宥館に行き、四人を相手に試合をしていたので腹が空《す》いていた。さっきの河岸道に出て飯屋を探した。すると、一方から歩いてくる侍に目が留まった。

桜庭源七郎だった。彦蔵が数歩進みでると、源七郎が気づいて濃い眉毛《まゆげ》を動かした。

「またもや会ったな」

「いえ、桜庭さんを訪ねてきたのです。いま長屋のほうに行ってみましたら留守でしたから……」

「おれに会いに来たのか。まさかほんとに来るとは思っていなかったが、それで何か用か」

(何か用か……)

彦蔵は先日いったことを忘れたのかと、源七郎を訝《いぶか》しむように見た。

「先日おっしゃったことをお忘れで……」

源七郎は無精ひげの生えている顎《あご》を片手でなでて、上目遣いに彦蔵を見た。

「さては若造、金に困ったか……」

若造と呼ばれるのに抵抗はあったが、彦蔵は気にしないことにした。

「桜庭さんは、金に困ったら一度訪ねてこいとおっしゃいました」

「うむ。よし、ついてこい」

くるっと背を向けた源七郎のあとを追うようについていくと、そこは裏通りにある一膳《いちぜん》飯屋だった。入れ込みの隅に腰を据えると、源七郎は酒を注文した。彦蔵は焼き魚と飯の大盛りと納豆を頼んだ。

酒が届くまで源七郎は、何やら腕を組んで考えては、ときどき彦蔵を窺《うかが》うように見る。

「親はいるのか？」

「は……。親は、死にました」

彦蔵は視線を落として答えた。

「死んだ。それじゃ兄弟は？」

彦蔵は首を振る。源七郎は眉宇《びう》をひそめた。

「親兄弟もいない。だが、親戚《しんせき》はあるだろう」

「それがよくわからないのです」

「わからない？」

「両親とは幼いころ死に別れまして、そのあとは養父に育てられたのですが、その養父も……」

彦蔵は唇を嚙《か》む。

「育ての親も死んだのか……」

「はい」

ふむと、源七郎がうなったとき、酒と注文の品が運ばれてきた。

「食いながら話せ。おれは飲みながら聞く」

「では……」

彦蔵は飯にかかった。源七郎は小魚の佃煮《つくだに》を肴《さかな》に酒を飲む。店は昼時とあって、混みはじめてきた。人足や職人、あるいは担い売りの行商人たちが多い。

「そうだ、名はなんと申した。たしか、松……」

「松山彦蔵です」

彦蔵は口の端についた飯粒を指でつまみ取って口に入れ、納豆をすすり込んだ。

「剣術がそこそこできるのはわかっているが……そうか……それは都合がよいかもしれぬ」

源七郎はちびちび酒を飲みながら、独り言めいたことを口にする。

「何か仕事があるのでしょうか？」

彦蔵は飯を食い終えて聞いた。

「ないことはない。だが、これはおれひとりでは決められぬことだ」

「どんな仕事でしょう？」

「それはいまはいえぬ。だが、やってもらうからには腹をくってもらうぞ」

「何でもやるつもりです」

「そうか」

源七郎はきらっと目を光らせると、まじまじと彦蔵を眺めた。

「ここでたしかな返事はできぬ。明日、いや明後日もう一度おれを訪ねてこい。できれば明後日の夕方がいい。返事はそのときにする」

あてにしてきたのに、源七郎はずいぶん勿体《もったい》ぶったことをいう。

「本当に仕事はあるんでしょうね」

「あるから、そうしろといってるんだ。おれを信用しろ」

「…………」

「そうだ。どこに住んでいるんだ。それを聞いておこう」

「芝神明町です」

「おまえと最初に会ったあの近くだな」

「さようです」

「とにかく明後日返事をする」

源七郎はぐいっと酒をあおった。

五

源七郎にどんな仕事を紹介されるのかわからなかったが、とにかく彦蔵は暇をつぶさなければならなかった。

翌日、適当な木刀を買い求めると、すぐ近所にある芝神明の境内に行って稽古《けいこ》に励んだ。同社の正式名称は芝大神宮で、別当は金剛院である。

稽古をしながら考えたのは、堀新十郎の使った〝脱〟という技と、脛打ちであった。

脛打ちの要領はなんとなくわかったが、もうひとつはすぐにはできそうになかった。目の前に仮想の敵を思い浮かべて、相手と木刀をあわせることなく内懐にはいっていく。その動作を何度も繰り返すが、うまくいかない。

居合いの動きにも似たところがあるはずだと考えもするが、自分を負かした堀新十郎は絶妙の動きで、自分の攻撃を封じたのだ。

（あの年寄りはいったいどうやって……）

何度もやるがよくわからない。もう一度訪ねて教えを乞《こ》おうかと思いもした。

一汗流してぶらつきながら長屋に足を向けていると、本屋を見つけた。これは二軒あり、一軒は仏書や儒学書、あるいは医書などといったものを扱う書物問屋だった。彦蔵が興味を持ったのは、絵草紙や錦絵《にしきえ》などを置いてある若狭屋《わかさや》という地本問屋《じほんどいや》だった。

店にあるものをあれこれ物色するように眺めていると、

「なにかお探しで……」

と、店の女がじろじろ見てくる。

「とくにないが、おもしろいな」

絵暦、江戸細見、吉原細見、洒落本《しゃれぼん》に黄表紙……。

「お客さん……」

女を見ると、不平そうな顔をしている。買わないなら勝手にさわるな、といいたいのだろう。きつい顔をして、目の前の本にはたきをかける。埃《ほこり》が日の光に浮かびあがった。

「また寄らせてもらう」

彦蔵はそのまま店を出て、家に戻った。

長屋の家はそこそこ日当たりがよい。裏の雨戸を開けると、風の向きによって厠《かわや》の臭いが流れてくるが、それもいつしか気にならなくなっていた。ふと気がつけば、桜の花も散っており、すっかり陽気がよくなっている。

戸口から射し込んでくる光の帯に、先日買った本が浮かんでいた。『江戸生艶気樺焼』という読本だ。

暇にあかせてめくってみるが、字面は追う気にならなかった。感心したように見入るのは、挿絵である。なぜ、自分は絵に関心があるのだろうかと考える。

おそらく父・仁之助の影響だと思いあたる。幼いころ、遊び半分で絵筆をとって無邪気に絵を描いていた。そんなときに、よく仁之助が声をかけてきた。

「彦は絵が上手だ。きっと、おまえには才があるのだ」

父が真面目にそう思っていたのかどうかわからないが、褒めそやされると悪い気はしなかったし、ますます図に乗って絵を描いた。

「彦は絵心があるんですよ。きっとよい趣味になります」

母・清もそういって持ちあげたし、

「多芸多才は人を豊かにする」

と、仁之助もいって彦蔵の興味をそぐことはなかった。

そんな両親のおかげで、絵に対する関心が人一倍強いのかもしれない。彦蔵は勝手にそう解釈していた。

彦蔵は一方に目を向けた。養父・辰兵衛と暮らしていたときに買った絵道具が、奉書紙の上に置かれていた。数本の絵筆、絵の具、絵皿、筆洗い……。

手にしている本の作者は、山東京伝《さんとうきょうでん》だった。絵は誰だろうかとあらためると、これも同じ作者だとわかった。世の中にはこんな才能のある人がいるのだと感心する。

「それにしても……」

つぶやいた彦蔵はごろりと横になって、源七郎のいう仕事はどんなことだろうかと、ぼんやりした目を天井に向けた。


そこは柳橋《やなぎばし》に近い船宿の二階だった。

窓の下を流れる神田川《かんだがわ》は、赤い西日を帯のように走らせている。一艘《そう》の猪牙舟《ちょきぶね》が空のままゆっくり川を上っていった。舟によってかき分けられた水が、赤い光の帯を乱した。

源七郎が二階の客間にあがると、奥のほうに山下和一郎《やましたわいちろう》と宮本勝之進《みやもとかつのしん》の姿が見えた。二人ともその辺の浪人のなりである。源七郎を認めると、小さく顎《あご》を引いてうなずいた。

「どうであった。会ってきたか？」

源七郎は和一郎と勝之進の前に座ると、挨拶《あいさつ》も抜きに訊《たず》ねた。

「うむ。変更はない。計画どおりにやるということだ」

和一郎が声をひそめて応じた。二階客座敷には他に三組の客がいて、酒を飲んでいた。席は離れているので、話を聞かれる心配はなかった。

「すると、決行の日時も決まったのか……」

源七郎は和一郎と勝之進を交互に見た。

「いつにするか、それはおれたち次第だ」

宮本勝之進が蕗《ふき》の佃煮《つくだに》をつまんでいう。額が広く奥目で、色黒だった。

「おれたち次第といっても、参勤交替は六月だ。それまでには何としてでもやらねばならぬ」

山下和一郎は病的なほど色白の男だった。それに眉《まゆ》も薄く、ひげも少なかった。顔の造作も小さいので、華奢《きゃしゃ》に見えるが、三人のなかでは一番残忍な男だった。

「すると、もうあといくらもないな」

源七郎は唇を指先でなでて、視線を泳がせた。

「相手の動きは大まかにわかっている。早く片づけられるかもしれぬ」

和一郎は盃《さかずき》を口に運んで、源七郎と勝之進を見た。

「それじゃ明日、明後日にもやれるということか？」

源七郎は目を光らせた。

「それは無理だ」

「なにゆえ……」

「ことを急《せ》くことはないが、三人では手が足りぬかもしれぬ。留守居役は他行をするときにも六、七人の供をつけている。登城のおりはまず狙えないが、やはり屋敷を出るときを狙うしかない」

「だが、そこが問題なのだ」

苦り切った顔で勝之進がいって、言葉を継ぐ。

「いつ屋敷を出るのかわからぬのだ。それがわかっていればやりやすいのだが、これがなかなかむずかしい。ただ、月に何度か料亭にあがることがある。その日がわかれば、造作ないことだ」

「調べてもらえばよかろう」

源七郎は酒をなめて二人を見る。

「それはしっかり頼んできた」

「支度の金も忘れずにもらってきたのだろうな」

「案ずるな。和一郎の首尾は上々だ」

勝之進は自分の懐をたたいて、口の端に笑みを浮かべた。

「和一郎、さっき三人では手が足りぬかもしれないといったな」

源七郎は和一郎を見た。白い頬が、酒のせいで桜色になっている。

「うむ。始末するのは留守居役だけだが、供の者が多ければ難渋する。しくじりは許されぬことだが、へたをすれば自分の命を落としかねない」

「いい男がいる。まだ若造だが、使えそうなのだ」

源七郎の言葉に、和一郎と勝之進は興味のある目を向けてきた。

「そやつは信用できるのか？」

用心深い和一郎が聞く。

「念には及ばぬ。おれにまかせておけば、うまく仲間に引き込むことができる」

「そやつのことを教えろ」

和一郎が膝《ひざ》をすって、身を乗りだしてきた。

六

西に移った日の光は衰えてはいるが、それでもあたりはまだあかるかった。鎌倉河岸にはいったとき、彦蔵は夕七つ（午後四時）の鐘を聞いた。

鐘の響きわたる空を、三羽の鴉《からす》が羽音を立てながら、江戸城二の丸のほうに飛んでいった。それを見送った彦蔵は、まっすぐ源七郎の長屋を訪ねた。

夕方の長屋はがやがやとしていた。井戸端で女房たちが米を研いでいれば、つぎはぎだらけの着物を着た子供たちが歓声をあげて、路地を駆け抜けてゆく。子供を叱っている親がいれば、泣きやまない赤子を必死にあやしている老婆もいた。

桜庭源七郎は戸を開け放したまま、刀の手入れをしていた。彦蔵が戸口に立つと、それと気づき、はいれといった。

「戸を閉めろ」

彦蔵がいわれるまま腰高障子を閉めると、あがれと居間にうながされた。

「この刻限はうるさくてかなわん。だが、まあその分、話はしやすい」

源七郎は手入れの終わった刀を、短く鑑賞して鞘《さや》に納めると、脇に置いた。

「約束は守る男のようだな」

「もう少し遅いほうがいいと思ったのですが……」

「今日は昼からどこにも出かけずにおまえを待っていた。茶でも淹《い》れるか……」

「いえ、お気遣いなく。それよりも仕事の話を」

「うむ。仕事は来月になるかもしれぬが、ひょっとするとここ半月のうちにやってもらうかもしれぬ」

「どんな仕事なんでしょう？」

「それはまだいえぬ。だが、これはある大名家を救う大事なはたらきだ」

彦蔵はぴくっとこめかみの皮膚を動かした。

「大名家とは……」

「それもいまはいえぬ。だが、それではおまえが納得しないだろう」

「………」

「他言はならぬが、出羽国にあるとある藩だ。その藩はいま存亡の危機にある。それをおれたちは救うはたらきをする。ただ、それだけのことだ」

彦蔵は出羽国がどこにあって、どんな藩があるのかわからなかった。

「どのようにして救うのです」

「それは、そのときまで内密だ。こういったことはめったに口にしないほうがよいからな。いま、その仕事をうまく運ぶために、仲間が手はずを整えている」

「仲間……」

「おまえをいれて四人だ。あとの二人には、そのうち会わせる」

彦蔵はじっと膝許《ひざもと》を見つめた。腰高障子にあたっていた日の光が弱まり、部屋のなかがわずかに暗くなった。

彦蔵は直感ではあるが、源七郎のいう仕事には、危険がはらんでいるのではないかと思った。

「その仕事は正しいことなのですね」

「邪道ではない」

「その出羽国にある某藩を救うための、正道のはたらきと考えてよいのですね」

彦蔵は源七郎を凝視した。悪事に加担する気はない。もし、その仕事がまちがったことであれば、このまま帰ろうと思った。

「天の正道を踏むはたらきだ。邪《よこしま》なことをするのではない。へたな勘繰りをするなら、この話はなかったことでもいい」

彦蔵は膝許の毛羽立った畳を見た。

「だが、黙って話に乗ってくれれば、支度金として……」

すうっと、紙包みが差しだされた。

「十両はいっている。首尾よくいったら、そのあとで二十両もらえる。しめて三十両。……悪い稼ぎではない。めったに転がり込んでくることのない話だ」

彦蔵は十両はいっているという紙包みと、源七郎を交互に見た。仕事を引き受ければ三十両。大金である。一、二年は楽に暮らせる。切り詰めれば三、四年は何もせずに暮らせるだろう。

「どうする……」

彦蔵は逡巡《しゅんじゅん》したが、金包みに手をのばして引きよせた。

「よし、おまえはたったいまから仲間だ。ただし、このことはかまえて他言ならぬ。もし裏切るようなことがあれば、命はないと思え」

彦蔵はゆっくり生つばを呑《の》んだ。

「それだけ重要な仕事というわけだ。承知したな」

「承知」

彦蔵は覚悟を決めて応じた。源七郎の真顔がわずかにゆるんだ。

「おまえの腕と度胸のよさを買ってのことだ。これも何かの縁であろう」

「それで、その仕事をやるまで、わたしは何をすればよいのです？」

「好きにしておれ」

「は……」

彦蔵はぽかんと口を開けて、目をしばたたいた。

「日時が決まったら、使いを走らせる。おまえの家の詳しい場所を教えてくれぬか」

「芝神明町にある文次郎店《だな》です」

「長屋住まいだったか。無理からぬことだ。話はそれだけだ」

「あの、ひとつ教えてもらいたいことがあるのですが……」

「なんだ？」

「桜庭さんは河遠藩の江戸屋敷がどこにあるかご存じありませんか？」

「河遠藩……調べればわかるだろうが、いまはわからぬ。なぜ、河遠藩を？」

「わたしの父が仕えていた藩だからです」

源七郎は目を細め、短く彦蔵を見てから口を開いた。

「今度会うときまで調べておこう」

七

（これが浪人の暮らしというやつか……）

彦蔵はときどき、そんなことを思った。これといった仕事をするわけでもなく、両刀を差して江戸の町をただ暇をつぶして歩き、日が暮れれば家に帰る。

食事の支度は小さいころからやっているので、苦にはならなかった。辰兵衛から包丁の使い方や魚のさばき方も教えてもらっていたし、みそ汁のダシのとり方もお手のものだった。

源七郎の仕事を引き受けたことに関しては、いささか不安はあったが、もはや前金をもらっている手前、腹を据えて連絡を待つのみだった。

彦蔵の毎日は、神明社に行って剣術の稽古《けいこ》と、気の向くまま絵を描くことに、おおむね費やされていた。稽古は一刻《いっとき》から一刻半ですむが、筆を持ち画紙に向かうと、あっという間に時間が過ぎた。

肝腎《かんじん》の絵はといえば、これが自己満足以外の何ものでもない。ときどき、絵草紙や錦絵《にしきえ》を本屋の店先で眺めてみるが、まったく自分の絵は稚拙だと思い知らされた。さらに、気づくことがあった。時の流れである。

江戸に来る前は、野や山の変容で季節のうつろいを感じていた。草花やそれにつく虫、そして渡り鳥や野鳥の鳴き声、天気の変化にも敏感だった。しかし、江戸に来て以来、そんな自然の風物には、あまり目を向けていないことに気づいた。

江戸では目に飛び込んでくるものすべてが、めずらしいものばかりだったからだ。しかし、心を静めて絵筆を取りはじめてから、ようやく桜の季節が終わり、夏に近づいたのだと知るようになった。

綿抜きの着物を着ている人が多くなり、気の早い者は単衣《ひとえ》に替えたりしていた。彦蔵も衣替えの季節なのだと知り、縞《しま》木綿の着物を新調した。

いつしか燕《つばめ》が家々の軒先に巣を作りはじめており、少し郊外に足をのばすと田植えをしている人の姿を目にした。

そんな日々を送りながらも、源七郎から受けた仕事のことが頭から離れなかった。さっさと仕事を片づけて残りの二十両をもらいたいと思う心もあるし、ほんとうに桜庭源七郎という人間は信用できるのだろうかという不信もぬぐい切れていなかった。

育ての親だった辰兵衛は、安易に人を信じるなと忠告していた。しかしながら、江戸に来て出会った人は、総じて親切だった。旅籠《はたご》大和屋の主《あるじ》は家を借りる際に、請人になってくれたし、伊勢屋のおまきなどは真剣に自分のことを心配してくれた。

おまきとは会えば立ち話をする程度であったが、ときどき頂き物が残ったからと、独り暮らしの彦蔵に漬物や干物を持ってきた。

また、源七郎から連絡のないのが気になり、何度か会いに行ったが、そのたびに留守であった。言付けをして帰ってくるのが常で、その日も同じだった。

「彦蔵さん……」

夕刻、家に帰り、濯《すす》ぎを使っていると、おまきがやってきた。声をかけてきたおまきを見ると、日の光を背負っているので、顔はよく見えずその姿だけが黒い影になっていた。ふとしたことだったが、逆光のなかに浮かぶ人物の像は、彦蔵の頭のなかでひとつの絵になっていた。

それは単なる影絵ではなく、光をにじませた人の黒い絵だった。平面的な描写や自然に覚えた遠近感のある絵では、何か物足りないと思っていた矢先だったので、

「そうか」

と、思わず口にしていた。

「どうかしたの？」

おまきは小首をかしげて三和土《たたき》にはいってきた。

「いや、何でもない。ちょっと思いついたことがあったんだ」

「何かしら？　これ、また頂き物だけど、めずらしい京饅頭《まんじゅう》よ。彦蔵さんといっしょに食べようと思って持ってきたの」

おまきはてらいもなく「彦蔵さん」と呼ぶようになっていた。京饅頭は桜色をしており、つまっている黒餡《あん》がうっすらと見えていた。

「いつもいただいてばかりで悪いな」

「遠慮することないわ。お茶を淹《い》れましょうか」

「おれがやるからそこにいて……」

彦蔵は種火を使って竈《かまど》に火をつけ、湯をわかした。それから居間にあがると、上がり框《がまち》に腰掛けたおまきをじっと見た。西日を受けた腰高障子が背後にある。そのあわい光が、おまきの座った姿をぼかしたように浮かびあがらせている。

「なあに……変よ」

「今度、おまきちゃんの絵を描かせてくれないか」

おおまきは長い睫毛《まつげ》を動かしてまばたきした。すでに彦蔵が絵を描いているのを、おまきは知っていた。彦蔵は下手の横好きではあるが、絵を描いていると気持ちが落ち着くのだと説明していた。

「わたしの……」

「そう。光を背にした姿を描いたらおもしろいと思ったのだ。暇なときに付き合ってくれればいい」

「じっとしていればいいの？」

「そうだ」

「ふーん、絵師ってみんなそんなことというのかしら。錦絵にも女の人の絵があるけど、誰かを見て描いているのよね。それとも想像して描いているのかしら……」

「絵師のことはよくわからないが、何かきっかけはあるはずだ。それに、人の絵を一度描いてみたいと思っていたんだ。おまきちゃんがそのひな型（モデル）になってくれれば、申し分ない」

世間では役者の大首絵がはやっていたし、きれいな女性の何気ない仕草を描いた絵が多かった。絵はあくまでも趣味の範疇《はんちゅう》なのだが、彦蔵は女性を描きたいと思っていただけにいい機会だった。

「暇なときだったらいいわ。あ、彦蔵さんお湯が……」

竈にかけていた鉄瓶が湯気を噴いていた。

茶を淹れて京饅頭を食べながら、おまきはとりとめのないことを話した。初鰹《はつがつお》を食べた、もう蚊が出てきた、父親に花見に連れて行ってもらうつもりだったのに、弁当を作らされただけで終わったなどと……。

「そうだ彦蔵さん、川開きの日に花火を見に行きましょうよ」

ひと通りの話を終えたおまきは、思いだしたように目を輝かせた。

「花火……」

「そう、毎年五月二十八日が川開きで、花火が上げられるの。大きな花火を両国橋の上から見るの。ううん、川端からでもいいわ。彦蔵さんとだったらきっと楽しいと思うの。ねえ、行きましょう、行きましょうよ」

子供が親におねだりをするように、おまきは彦蔵の袖《そで》をつかんで揺すった。些細《ささい》なことだったが、彦蔵はのぼせたように、頭がくらくらした。

花火の約束を取り付けたおまきが、嬉《うれ》しそうな顔で帰っていってしばらくしたとき、見知らぬ男が訪ねてきた。

膝《ひざ》切りの着物に股引《ももひき》をはいた、御用聞きのような小男だった。

「いやァ、この辺は不慣れなもので、この長屋を探すのに往生しました」

男はたしかに彦蔵だとたしかめたあとで、首筋の汗をぬぐっていう。

「それで何の用なのだ？」

「これは失礼いたしやした。桜庭さんというお侍をご存じですよね」

「知っているが……」

「明日夕七つ、柳橋の船宿・小松屋《こまつや》に来てくれとのことです。用はそれだけでして、へえ」

「小松屋に明日夕七つだな」

「へえ、さようで。ちゃんとお伝えしましたからね。では、あっしはこれで……」

男はひょいと頭を下げて、用事はちゃんとすませたという顔で帰っていった。

彦蔵はいよいよ仕事にかかるのだと、表情を引き締めて、路地に漂っている炊煙を見つめた。

第五章　暗殺

一

「松山という者だが、ほんとうに大丈夫なのだな」

宮本勝之進は色黒の顔を桜庭源七郎に向けた。奥まった目に疑《うたぐ》り深い色があった。

「おれの目に狂いはない。やつはやってくれる。この期に及んで他の仲間は増やせぬ。それともやつ抜きでやるか。すでに前金で十両をわたしてあるんだ」

源七郎は苛立《いらだ》たしげに煙管《キセル》を灰吹きに打ちつけた。

「若いというのが気になるんだ。若いやつは口が軽い」

「やつは心配いらぬ。きっとやってくれる」

「勝之進、桜庭がそういうのだ。いまさら手を変えるわけにはいかぬだろう」

山下和一郎が中にはいって、源七郎と勝之進を見た。

三人は船宿・小松屋の二階にいるのだった。

「まあ、おぬしがそういうならいいだろう。だが、いざとなって役に立たなかったら、桜庭おぬしの責任だ」

「心配性なやつだ。会えばわかる」

「そろそろやって来てもいいころだな」

和一郎が階段口を見た。他に客はいなかった。

「それから、その松山という若造にはどこまで話す。みなまで話すことはないと思うが……」

「人を斬るのだ。話さなければ納得しないだろう」

「では、おれが話す。おれにまかせておけ」

和一郎はくわえていた爪楊枝《つまようじ》を、窓の外に吐きだして、冷めた茶を口に含んだ。

「首尾は整っている。あとは留守居役が思惑どおりに動いてくれればいいだけのことだ。だが、松山という男次第では計画を変えなければならぬ」

「勝之進、まだいうか……」

源七郎は勝之進の黒い顔をにらんだ。

「おれは疑り深いからな」

勝之進はあおるように茶を飲んだ。

「やはり、みなまで話すことはないだろう。金で雇って一仕事してもらうだけだ。よけいなことはいわぬことにしよう」

和一郎が考えなおしたようなことを口にした。色白の顔に日の光があたっているので、さらにその顔が白く見えた。

「それはおまえにまかせる」

源七郎は応じて煙管を煙草入れにしまった。

そのとき、階段の軋《きし》む音がして、彦蔵が二階の客間にあがってきた。源七郎と二人の仲間を見ると、用心深い足取りで近づいてきて、

「少し早いと思いましたが、見えていたのですね」

といって、三人の前に座った。

「紹介しよう。これは山下和一郎。こちらは宮本勝之進と申す。いっしょに仕事をする仲間だ」

「松山彦蔵と申します」

彦蔵は頭を下げた。

「仕事は明後日の夜に決まった」

源七郎がいうと、彦蔵の眉《まゆ》がぴくっと持ちあがった。

「明後日ですか。それで、仕事とおっしゃるのはその日一日だけですむことなんでしょうか」

「そうだ」

「いったいどういうことで……」

彦蔵は源七郎から、和一郎と勝之進に目を向けた。和一郎が薄い唇の端に笑みを浮かべて、膝頭を彦蔵に向けた。

「とある藩の留守居役を斬ってもらう。むろん、おぬしひとりでやるのではない。ここにいるみんなでやる」

彦蔵は目をみはり、生つばをゴクリと音をさせて呑《の》んだ。

「斬るにはそれなりの事情がある。手短なことを申せば、その留守居役のいる藩を助けるためだ」

「藩を助ける……。出羽国にある藩ですね」

「さよう。その藩は長年つづいた飢饉《ききん》からようやく抜け、落ち着きを取り戻してきた。領民の暮らしも上向き、金のめぐりもよくなってきた。ところが、留守居役が此度《こたび》の参勤で国許《くにもと》に帰ることになった。これがよくない」

和一郎は一度茶で舌を湿らしてからつづけた。

そんな和一郎を、源七郎はさっき余計なことは話さないといったくせに、みなまで話しているではないかと、内心であきれていた。

「その留守居役は、藩を立てなおしてきた中老や城代のやり方に反対をしている。もし、留守居役が帰国すれば、せっかくうまくゆきかけている政《まつりごと》に水を差されること必至。そうなれば、これまでの苦労が水の泡になる。そうなっては、藩にとっても民百姓たちにとってもよくない。おそらく、借財が増え、農民たちはあらたな年貢で苦しむことになるだろう。中老らが苦心に苦心を重ねてきた立てなおし方策が、足許から崩れることになる」

「その留守居役が帰国されるだけで、そんなことが起こるのですか」

「それは火を見るより明らか。留守居役は藩主に及ぼす力が大きい。それに、中老らに反対しつづけてきた国家老と親密な仲。国許に帰せば、藩主は留守居役の考えにしたがう。そうなれば、これまで中老らが苦労してきた立てなおし方策が無になる」

彦蔵は黙り込んでうつむいた。

「国を守り、領民を救うためのはたらきだ。おぬしには支度金をわたしてある。もはやここまで聞いた以上、いやだとはいわせぬ」

和一郎はきらっと目を光らせた。彦蔵がゆっくり顔をあげた。そのまま源七郎にまっすぐ目を向ける。

「そういうことでしたか……」

源七郎は黙ってうなずいた。ここで降りるというのではないかと、危惧《きぐ》した。

「わたしはそれが正しければ、お役に立ちたいと思います。しかし、それがもしまちがっていたことだとわかれば、あなた方三人を許しません」

（こやつ、なんということを……）

源七郎は内心で驚き、彦蔵をあきれたように見た。

「松山、案ずるな。人を救うためのはたらきだ。他に手立てがないから、こういう仕儀になっているのだ」

「それとも何か存念でもあるか？」

聞いたのは勝之進だった。

「いえ。ただ、どこの何という藩で、留守居役が何という方であるか教えてもらえませんか」

「それは明後日、教える。いまここではいえぬ。この密計が漏れたらことだからな。むろん、おぬしを疑っているわけではない。こういったことは慎重でなければならぬ」

源七郎は、諭すようにいう和一郎を見た。うまいことをいいやがると、内心で感心する。もし、彦蔵が裏切ったとしても、自分たちの計画はおそらく、この時点では知られる可能性が低い。彦蔵の反応が気になったが、

「……わかりました。では明後日教えてもらいます。それから桜庭さん、先にお訊《たず》ねしていたことですが、わかりましたか?」

と、あっさり折れて、別のことを聞いてきた。問われた源七郎は、はて何のことだったかと、まばたきをして、思いだした。

「おお、河遠藩江戸屋敷の件だな。上屋敷は虎御門内《とらのごもん》だ。下屋敷は深川六間堀《ふかがわろっけんぼり》にある」

「虎御門内……」

「おまえの住まいから、さほど遠いところではない」

「そうですか。いや、ありがとうございます」

「では、金打《きんちょう》だ」

和一郎がそういって膝《ひざ》をすった。みんなは互いの身を寄せ合うように近づき、刀の鍔《つば》を打ち合わせた。

二

日が長くなったとはいえ、すでに宵闇は濃くなっていた。

彦蔵は源七郎に教えられた河遠藩上屋敷の門前に立っていた。鉄鋲《てつびょう》を打たれた厚い門は、かたく閉じられている。脇に潜り戸があるが、そこも閉まっていた。

もっとも開いていたとしても、門番がいたとしても訪ねるつもりはなかった。もっと早く知ることはできたのだが、心の中に理由のつかない躊躇《ためら》いがあったので延ばし延ばしにしていただけだった。

屋敷はそれなりに立派であるし、周囲の大名屋敷と引けは取らないのだが、両隣にある大名屋敷が一際広壮なので、ずいぶん肩をすぼめ遠慮がちな存在に見えた。

（これが父の勤めていた藩邸だったのか……）

彦蔵は幼いころ、父・仁之助が参勤で江戸詰めになったことをおぼろげに覚えている。そのときは母と二人暮らしで、ずいぶん寂しい思いをした。下女や中間《ちゅうげん》はいたが、父親のいない家はやはり物足りなく、幼心に父恋しさが募っていた。

彦蔵は長々と、頑丈な藩邸の門をにらみつけて、きびすを返した。いつか、藩はなぜ両親の命を奪わなければならなかったのか、その真相を知らなければならない。藩の使者が家に押しかけてきたときのことは、いまでも昨日のことのように覚えている。

あのとき、捕り方は自分の命をも狙っていた。倅《せがれ》がいないと焦ったような声をだしていた。どうして一家を皆殺しにするようなことをしたのか……。

どんな事情があったのか知らないが、彦蔵は河遠藩を許そうとは思っていない。いつか、なんらかの形で、親の仇《かたき》を討つと決めている。

お堀に架かる新《あたら》シ橋《ばし》をわたり、暗くなった道をゆっくり歩いた。明後日は人を斬ることになる。それが正義なら許されるのかという疑問もあるが、金をもらい、金打もした。裏切りはできない。

複雑な政はわからないが、大勢の人を救うために留守居役を斬る。つまり、その留守居役は悪党なのである。

約束をした手前、彦蔵は単純にそう思い込むようにしていた。もちろん、心中には躊躇いや後悔の念もあるし、源七郎や他の二人のいうことが正しいのだろうかという疑問も多少なりと残っていた。

だからといって、いま引き返すわけにはいかない。正義を貫くのならしかたないのだと、努めて自分にいい聞かせた。

ふと、気づくと凌宥館の近くに来ていた。道場の前に来たが、玄関は閉められており、人の声もしなかった。母屋を見て、館長の堀新十郎の顔を脳裏に浮かべた。新十郎は暇なときにでも遊びに来いと、気さくにいってくれた。

ふと、立ち寄ってみようかと気紛れに思ったが、時間を考えてそのまま自宅に足を向けた。

翌日、いつものように神明社の境内で稽古《けいこ》をした。このとき、明日は人を斬るということが実感を伴ってきた。

これまで真剣を持って、まともに他人とわたりあったことはない。しかも、初めて人を斬ったのは育ての親だった。

あのときはわけがわからず、養父・辰兵衛を救おうという一念で、目の前にあらわれた黒い影を斬ったのだが、まさか辰兵衛だとは思いもしないことだった。

あの出来事は忘れることもできないし、慚愧《ざんき》に堪えない。恩を仇《あだ》で返したのだ。辰兵衛の兄・清兵衛はずいぶん慰めてくれたが、心に残った傷はいまだ癒《い》えることがない。

（ほんとうに斬れるだろうか……）

仮想の敵を思い描きながら木刀を振る彦蔵の脳に、そんな不安が浮かんだ。それに、斬られるかもしれないという危惧もある。相手の留守居役の腕が自分より上なら、命の保証はないということだ。

（斬られるものか……）

彦蔵はぐっと口を引き結び、大上段に振りあげた刀を勢いよく振りおろした。

その夜は、気持ちが高揚してなかなか寝つけなかった。翌朝はいつものように起きたが、それでも心の高ぶりを抑えなければならなかった。

（臆《おく》しているのか……）

胸の内で何度も、自分を叱咤《しった》した。

起きてから何をするわけでもなかったが、あっという間に時間が過ぎ、気づいたときにはもう出かけなければならない刻限だった。

そんなことはないだろうが、生きて帰ってこられないかもしれないという思いがあるのか、家を出ると、行き先とは逆になる伊勢屋に足が向いた。

だが、店のすぐそばで足を止めた。おまきに会いたいという気持ちと、会って何を話すのだという気持ちがせめぎ合った。

（こんなところで……）

彦蔵は脳裏に浮かぶおまきの顔を振り払うように、来た道を引き返した。

衰えはじめた日の光が、通りを歩く人の影を長くしていた。目の端をさっとよぎっていく黒い影があった。燕《つばめ》である。

軒先に作った巣に戻って、またどこかへ飛んでいった。夕ぐれ間近なので鳥も忙しいようだ。呼び込みをする商家の小僧たちの声も幾分高くなっていた。

神田堀に架かる今川橋《いまがわ》をわたってあたりを見まわすと、すぐそばの茶店の床几《しょうぎ》から桜庭源七郎が腰をあげた。顎《あご》をしゃくって、ついてこいとうながす。彦蔵はそのままあとにしたがった。

「歩きながら話す」

低声《こごえ》で源七郎がいって、肩を並べて歩くようにいった。

「いまさらだが、しくじりは許されぬ。腹はくくっているだろうな」

彦蔵は黙ってうなずく。

「山下と宮本に会う前におまえに話をしておく。あの二人にもおれから話すといった」

「……………」

「おれたちが狙う相手は、皆川広右衛門《みながわひろえもん》という庄内《しょうない》藩の留守居役だ。皆川殿は水野《みずの》某《なにがし》という国家老と手を組んで、藩を苦しめてきた張本人だ。藩の立てなおしを必死にはかってきたのは、酒井《さかい》という城代と竹内《たけうち》という中老、そして服部《はっとり》と白井《しらい》という郡代だった。この四人のはたらきで、庄内藩はどん底から這《は》いあがることができた。どんなことをやったという、詳しいことまではわからぬが、一言でいえば農政の改革だ。貸し付けていた年貢米を免じて、地主に困っている百姓らへ米を分け与えさせ、その代わりに召しあげていた土地を地主に貸して、年賦で返すようなことをやったらしい。まあ、そんなことで藩内の百姓らの暮らしが上向き、年貢もそれなりに納めることができるようになり、おのずと藩のほうも潤ってきたという寸法だ。つまるところ、領主と領民双方が力を合わせて、一国を立てなおしたというわけである」

彦蔵は何となくその農政改革を理解した。

「ところが、皆川殿が国に帰ると、城代や中老たちのやってきたことが覆されかねないらしい。そうなると、また百姓らが割を食う羽目になる。藩の行政も滞るだろう。ここまでいえば……」

おまえにもわかるだろうという顔を、源七郎が向けてきた。

「しかし、藩主は一国一城の主《あるじ》ではありませんか、どっちが正しいかわかれば、仕えている留守居役のいうことなど聞きはしないのではありませんか」

「下々の者には、それがよくわからぬところよ。だが、世間てえのに表と裏があるように、どこの藩にも裏と表がある。藩主は留守居役に弱味をにぎられているのかもしれぬ」

「そんなことが……」

「世の中なんてそんなもんだ。何を信じればいいかわかったもんじゃない」

養父・辰兵衛にも同じようなことをいわれたなと、彦蔵はぼんやり考えた。

神田堀に沿って歩いていた彦蔵と源七郎は、途中で左におれ、町屋を抜けて柳原《やなぎわら》通りに出ていた。

その間に、源七郎はこの仕事を持ってきたのは山下和一郎で、すべての連絡は和一郎がしているといった。

「山下さんはいったい誰から……」

「それは秘中の秘だ。おれも知らされてはおらぬ。こっちは非のないことをするんだから、あとはやることをやって礼金をいただけばいいだけのことだ」

「山下さんは庄内藩の人なんですか？」

「いや、おれもおまえもそうだが、みんなまったく関わりのない人間だ。こういったことは、そのほうがいいのだろうよ」

源七郎は割り切ったことをいって足を速めた。

「あの二人が待っている。どういう段取りでことを運ぶか決めなければならぬ」

三

神田明神《かんだみょうじん》下の通りから一本東に入った路地に、空店《あきだな》があった。両側も向かいも昼商いの店なので、闇の濃くなったいまは戸を閉めている。その通りには数軒の夜商いの店もあったが、その空店を気にする者は誰もいなかった。

「いま、何刻《なんとき》だろうか……」

これで何度目になるかわからないが、源七郎は同じことを口にした。

「おそらく、五つ半（午後九時）は過ぎただろう」

生真面目に山下和一郎が答える。壁によりかかっていたが、思いだしたように立ちあがり、戸口に行き、節穴に目をつけて振り返った。

「……勝之進が遅いな」

それは彦蔵も気になっていることだった。宮本勝之進が和一郎と見張りを交替して、もう一刻になろうとしている。

「まさか……」

源七郎はつぶやきかけて、口をつぐんだ。そんな源七郎を和一郎が眺めて、首を横に振った。

「計画は漏れておらぬ。案ずるな」

和一郎はそういって、源七郎のそばに座った。

がらんとした空店には、蠟燭《ろうそく》が一本点《とも》されているだけだった。

「松山、これへ」

柱にもたれていた彦蔵は、和一郎のそばに行った。

「さっきから黙っているが、臆したのではなかろうな」

「いえ、そんなことはありません」

「この期に及んでの裏切りは許されぬ」

彦蔵を見つめる和一郎の双眸《そうぼう》に蠟燭の炎が映り込んでいた。

「とうに腹はくくっております」

「ならばよい。もう一度、たしかめておこう。これが最後だ」

そういった和一郎は、懐から一枚の半紙をだして目の前に広げた。半紙には簡略な地図が描かれていた。

「ここが、いまおれたちのいる空店だ。明神下の通りはここで、皆川広右衛門殿がいる料亭がここだ」

和一郎は地図を指でなぞりながら説明する。彦蔵はさっき見せられたばかりなので、再確認の必要はないのだが、和一郎は念を入れたいようだ。それだけ神経を尖《とが》らせている証拠だろう。

「皆川殿は駕籠《かご》で来ている。駕籠は藩邸を出ると、三河町新道から大名小路を抜け、昌平《しょうへい》橋をわたり、明神下の〝いま邑《むら》〟という料亭に入った」

和一郎のいう大名小路とは、丹波《たんば》篠山《ささやま》藩・越前《えちぜん》大野藩・豊後《ぶんご》府内《ふない》藩・若狭《わかさ》小浜《おばま》藩の各上屋敷の表門前の通りであった。

すでに各屋敷の門はかたく閉じられているし、人通りは絶えている。和一郎は駕籠が同じ経路を辿《たど》って戻るなら、襲撃場所はそこがもっとも好都合だと考えていた。

「……皆川殿がいま邑を出たらあとを尾《つ》けるが、場合によっては昌平橋につく前にやるかもしれぬ」

「それはまずい。町屋では人目につきやすい」

源七郎がさっと顔をあげて、異を唱えた。

「襲撃に手間をかけるつもりはない。皆川殿を仕留めたら、おれたちはさっさと逃げるだけだ。多少の騒ぎになるのは覚悟のうえ」

「大名小路まで待ったらどうだ」

「それもひとつの賭《か》けだ。あそこには辻《つじ》番がある。辻番が騒げば、近くの屋敷の侍たちが出てくる恐れがある。そうなると余計面倒だ」

「うむ……」

源七郎は地図に視線を落としたままうなり、

「勝之進はどう考えているのだ」

と、聞いた。

「あやつはどちらでもよいといっている。いずれにしろ様子を見て決める」

「わかった」

不承不承という顔で、源七郎は声を漏らした。襲撃の采配《さいはい》は和一郎が執ることになっていた。もっとも若い彦蔵には何の発言権もないし、とくに意見することもなかった。

裏の勝手戸が、カタカタと鳴って開いたのは、それからすぐだった。勝之進が戻ってきたのだ。

「店を出るぞ」

勝之進はそういうと、すぐに引き返した。残っていた三人は差料をがっとつかむと、すっくと立ちあがった。

「松山、わかっておろうがこれは天誅《てんちゅう》だ」

和一郎が彦蔵を見てきた。彦蔵はぐっと顎《あご》を引いてうなずいた。

「手はずどおりにやる。ぬかるな」

すでに勝之進は表通りに出ていた。彦蔵は源七郎と和一郎のあとにしたがう。

明神下の通りは、来たときとちがい閑散としていた。人の姿はありはするが、それも数えるほどだ。

千鳥足で歩く職人風の男が、路地に消えてゆき、小料理屋から追いだされるように出てくる客の姿があった。遠くにある店が軒行灯《のきあんどん》の火を落とし、暖簾《のれん》がさげられた。

彦蔵は高ぶっていた。気を静めるために、何度も息を吸って吐いた。

商家の庇《ひさし》の陰で身をひそめていた勝之進が、手をあげて制した。

「桜庭、向こうへ。松山はおれと来い」

源七郎が勝之進のそばに行くと、彦蔵は和一郎と少し離れた物陰に身をひそめた。

「手ぬぐいを忘れるな」

和一郎が注意を与える。彦蔵は懐にある手ぬぐいをにぎりしめた。手ぬぐいは黒く染められており、襲撃の際に被《かぶ》ることになっていた。

「来た」

和一郎は声をひそめて、注意を喚起した。神田明神裏門に通じる通りから足音が近づいてきた。

「くそッ、警固がひとり増えている」

和一郎のつぶやきに、彦蔵はぴくっと眉《まゆ》を動かした。そのとき、提灯《ちょうちん》を持った若侍の姿が闇のなかに浮かびあがった。すぐに駕籠が出てきた。まわりに三人の侍がついていた。

四

彦蔵はぐっと下腹に力を入れて、明神下の通りを南へ行く駕籠を見送った。そのまま行けば昌平橋である。駕籠のまわりには三人の供侍。提灯を持ったひとりが駕籠のそばについている。先頭を歩く供侍も提灯をさげていた。

予定では供侍は三人のはずだった。人数が増えたのはあとでやってきたものと思われる。

「行くぞ」

源七郎と勝之進が動きだしたのを見て、和一郎が先に歩きだした。すぐに彦蔵がつづく。駕籠との距離は半町ほどだ。

彦蔵の前を歩く和一郎は、周囲に目を光らせ、ときどき背後を振り返った。夜空には皓々《こうこう》と照る月が浮かんでいた。その月が、叢雲《むらくも》に呑《の》み込まれ、闇が濃くなった。

どこからともなく梟《ふくろう》の鳴き声が聞こえてきた。

通り抜ける風はぬるく、夏の気配を漂わせている。

それは、駕籠が昌平橋に近づく直前だった。

「やろう」

といって、和一郎が足を速めたのだ。すぐに勝之進と源七郎に追いついた。互いに目配せをするようにうなずきあって、手ぬぐいで頬被りをする。彦蔵もならって手ぬぐいを被った。これで鼻と口が隠れた。

勝之進と源七郎が刀の鯉口《こいぐち》を切って、足音を忍ばせながら足を速めた。和一郎もつづく。彦蔵はしんがりだ。

勝之進がさらに足を速めた。もう駕籠との距離はなかった。最後尾にいた供侍が、気配に気づいて振り返った。瞬間、源七郎の鞘走《さやばし》らせた刀が、その供侍の胸を断ち斬っていた。

「うわっ」

供侍は悲鳴と鮮血を迸《ほとばし》らせて倒れた。

その間に、他の供侍が刀を抜いた。勝之進が駕籠舁《かき》のひとりを斬り捨てた。ガタッと駕籠が地面に置かれ、先棒を担いでいた駕籠舁が、

「ひぇー、辻斬りだ！　辻斬りだ！」

と、悲鳴をあげて逃げ去った。

そのときには、三人の供侍と源七郎たちは、互いの刀をぶつけ合い火花を散らしていた。

勝之進がひとりの胸を斬り下げ、胴を抜くように脾腹《ひばら》を斬った。源七郎は鍔迫《つばぜ》りあって、独楽《こま》のように回転していた。

和一郎が供侍の突きをすり落として、相手の体勢が崩れたところへ、刀を振りおろしたが紙一重のところで避《よ》けられた。難を逃れた供侍は、左へ飛んで、

「狼藉者《ろうぜきもの》！　何故の所業！」

と、大喝した。

その声に和一郎は狼狽《うろた》えてあたりを見まわし、棒立ちになっている彦蔵にはっと気づいて、にらんできた。地面で燃えている提灯のあかりが、和一郎の顔を赤鬼のよう

に染めていた。

「きさま、何をしておる」

怒鳴られたが、彦蔵は激しくかぶりを振って、

「まちがっている、これはまちがっている」

と、つぶやいた。

「手を貸せ！　天誅だッ」

彦蔵はそれでも動かなかった。手は鯉口を切った刀の柄《つか》に添えていたが、それ以上動かさなかった。

「ええい、きさまッ」

彦蔵をにらんで吐き捨てた和一郎は、横から斬りかかってきた供侍の一撃をはねあげると、脇腹に鋭い斬撃《ざんげき》を浴びせ、そのまま駕籠《かご》に突進していった。

「皆川広右衛門、覚悟ッ！」

和一郎は駕籠のなかに刀の切っ先を突き入れた。

直後、駕籠の反対側から皆川広右衛門が転げるように出てきた。腹を押さえ、片手で地面をつかんで逃げようとしている。その背中に、和一郎の止《とど》めが刺された。

「ぐわっ……」

奇妙な悲鳴は勝之進だった。供侍に斬られたのだ。その供侍を源七郎が斬り捨てた。

そのとき、夜のしじまに呼子の音が鳴りひびいた。それは連続して鳴りひびき、異常事態が発生したことを市民に伝えていた。

「逃げろ」

源七郎がいち早くその場を駆けだした。和一郎は彦蔵をにらんで、「見ておれ」と吐き捨てて一方に走り去った。彦蔵もその場にとどまっているわけにはいかなかった。吹き鳴らされる呼子から逃れるように、夜の闇を駆けた。

半刻後《はんとき》、彦蔵は自宅長屋に帰っていた。

戸をしっかり閉め、居間であぐらをかいたままじっとしていた。汗はようやくおさまったが、心の臓はいつまでも落ち着かなかった。

皆川広右衛門暗殺はしかたないことだと思っていた。広右衛門を警固する供侍と斬り合うことになるのも予想していた。しかし、何の罪もない駕籠舁が斬り殺されたのを見て、彦蔵は動けなくなった。

駕籠舁は皆川広右衛門暗殺には何の関係もないのだ。それを宮本勝之進は一刀のもと、何の躊躇《ためら》いもなく斬り捨てた。駕籠舁は無腰だった。

そんな人間を斬ったのが、彦蔵は許せなかった。一気に暗殺計画に加担する気持ちが消失してしまった。

だからといって広右衛門の供侍の助をすることはできなかった。

目の前で繰り広げられる殺戮《さつりく》を黙って眺めながら、自分はどうすればいいのだと迷いつづけていた。もっとも襲撃に要したのは、さほどの時間ではなかったから、長く迷っていたわけではない。

あぐらをかいて座りつづける彦蔵は、カッと目をみはったまま、まばたきもせずに宙の一点を凝視していた。

源七郎を訪ねた自分をなじり、源七郎の話に乗った自分を卑下した。浅はかだったと、心の底から後悔した。

人殺しの計画だったのだ。それに自分は乗ってしまった。浅ましくも金に釣られたという思いも否めない。

正義だと、源七郎はいった。天誅《てんちゅう》だと、山下和一郎はいった。

それは自分たちの行いを正当化させるための口実だったのだ。そんなことに気づきもせずに、仲間に入った自分は愚かすぎた。

彦蔵は固めた拳《こぶし》で、何度も自分の膝《ひざ》をたたいた。

それにしても、

（駕籠舁に手をかけることはなかったのだ！）

彦蔵は胸の内で叫んだ。

もし、宮本勝之進が駕籠舁を斬らなかったら、彦蔵は供侍たちと斬り結んでいたはずだ。そのつもりだったのである。

暗殺された皆川広右衛門に同情する気持ちはなかったが、殺された駕籠舁のことを考えると無念で、悔しくてならなかった。

そんなことを思いつづけているうちに、自分の境遇と重ね合わせるようになった。

父・仁之助がそれまで仕えてきた藩になぜ命を狙われるようなことになったのか、その詳しい事情はわからない。それなりの理由があったにせよ、母には罪はなかったはずだ。そればかりでなく、藩の使者は自分の命さえ狙っていた。

おそらくそれは、両親を殺された子供の復讐《ふくしゅう》を未然に防ぐためだったと考えられるが、右も左も、それこそ世間のことを何も知らない幼い自分に、何の罪があったというのだろうか。母もそれは同じだ。

それなのに、藩は父ひとりの命だけでなく、その家族をも抹殺しようとしたのだ。遺恨を消すためだとはいえ、ひどいやり方である。

だが、今夜殺された駕籠舁はちがう。皆川広右衛門が殺されても、暗殺者を恨むことはないし、その暗殺者が誰であるかもわからないのだ。

あの駕籠舁には女房子供がいたかもしれない。所帯を持っていなかったとしても兄弟がいるかもしれない。そのことを思うと、無念という一言では片づけられない。

駕籠舁を斬った宮本勝之進を恨むより、彦蔵は自分を恨みたかった。

どこかで赤子のぐずる声がした。

そのことで我に返った彦蔵は、台所に行くと、柄杓《ひしゃく》ですくった水をごくごくと喉《のど》を鳴らして飲んだ。

五

神田明神下で起きた暗殺事件は、彦蔵の住まう芝神明町界隈《かいわい》ではなんの噂にもなっていなかった。これが近所で発生したことなら、一国の重要職である留守居役が殺されたのだから、どこへ行ってもそんな話が聞けるはずだ。

しかし、神田明神下と芝神明町は一里以上離れている。噂が流れて来るには時間がかかるのかもしれない。

彦蔵は桜庭源七郎の誘いに、安易に乗った自分を恥じいり、自分の思慮のなさを後悔した。しばらく人と会う気になれず、長屋にひっそりこもっているか、神明社へ行って稽古《けいこ》に汗を流した。

さいわいおまきも訪ねてこなかったし、彦蔵も伊勢屋を避けるようにしていた。

だが、木刀を振って鍛練をしているときに、桜庭源七郎や山下和一郎は何をしているのだろうかと気になった。目的を果たした二人は江戸を去ったのか、それとも何食わぬ顔でこれまでどおり暮らしているのだろうか……。

源七郎を訪ねて問い質《ただ》したいという思いもあったが、それには危険が伴う気もした。ことは暗殺であるし、殺されたのは一国の重臣である。町奉行所も公儀目付も、さらには藩目付も動いていると思われる。もし源七郎に疑いがかかっているなら、無闇に近づくことは避けるべきだった。

殺された宮本勝之進の死体は徹底して調べられたであろうが、おそらく何もわからないはずだ。襲撃前に、彦蔵たちは身許《みもと》をあかすものを所持しなかった。また、四人は庄内藩とはまったく関わりのない者たちばかりである。

逃げた駕籠舁《かき》がいたが、顔はまず覚えられていないはずだ。つまり、彦蔵たちへの追及はおそらくないと考えてよいはずだった。

その一方で他のことも気になっていた。源七郎と山下和一郎が、自分のことをどう考えているかである。放っておいても司直の手にはかからないと、楽観しているかもしれないし、すでに江戸を離れているかもしれない。

それならそれでよいが、彦蔵は土壇場になって留守居役暗殺に加担するのをやめた。

あのとき、和一郎は人を射殺すような目を向けてきた。

何をしておる、手を貸せ、天誅だと、彦蔵を叱咤《しった》し、

「ええい、きさまッ」

と、怒鳴りつけ、

「見ておれ」

と、吐き捨てた。

あのときの夜叉《やしゃ》のような形相は、彦蔵の脳裏にはっきり残っている。

自分は彼らにしてみれば、裏切り者である。

そんな裏切り者を放っておくだろうかと、彦蔵は思いもする。もし、放っておかないとしたら、源七郎と和一郎は自分を殺しに来るか、咎《とが》め立てをしに来るかもしれない。

しかし、もうあれから二日がたつ。

彦蔵の身辺には何も起こらなかった。

そのころ桜庭源七郎は、山下和一郎が用心のために設けていた麻布《あざぶ》の隠れ家にいた。

このあたりは江戸の郊外で、いたって閑静なところだった。

それでも少し歩けば麻布坂下町などの町屋があり、夜になれば縄暖簾《なわのれん》や小料理屋などもあった。そばには渋谷《しぶや》川の下流にあたる新堀《しんぼり》川が流れているので、昼間は釣りをしながら野の花や鳥たちを眺めて静かに暮らすことができた。

もっともその家に長く留《とど》まっているつもりはない。

源七郎はほとぼりが冷めるまで、江戸を離れるつもりでいた。

チッチッチッと、軒先に巣を作っている燕《つばめ》の番《つがい》が鳴きながら帰ってきた。戸口から射し込む日が翳《かげ》り、空には夕暮れの色を漂わせた雲が浮かんでいる。

山下和一郎が帰ってきたのは、それから間もなくのことだった。

居間にあがり込んで腰をおろした和一郎は、開口一番そういった。

「すべて終わった」

「それでどうだった……」

源七郎は身を乗りだすようにして、和一郎の白い顔を見る。

「案ずるな。おれたちのことは何もわかっておらぬ。藩の目付は、皆川殿と反目していた中老の近辺を調べているらしいが、とんだ見当ちがいだ。おれたちに手が及んでくることはない」

「さようか……」

源七郎はほっと肩から力を抜いた。

「それで、約束どおり褒賞の金をもらってきた」

和一郎は封のされている切餅《きりもち》を、懐から取りだして膝前《ひざまえ》に置いた。切餅は四つ。つまり、百両である。その金を見てから源七郎は訊《たず》ねた。

「おぬしと通じているのはいったい誰なのだ。もう、仕事は終わったのだ。教えてくれてもよかろう」

「いや、それはいえぬ。それに知ったところで、もはやおれたちとは縁もゆかりもない方だ。忘れることだ。それより……」

和一郎の表情が厳しくなった。

「なんだ」

「松山彦蔵のことだ。やつをこのまま放ってはおけぬ。やつは瀬戸際で裏切った。こういったことはどこで漏れるかわからぬ。松山を捨て置くわけにはいかぬ」

「斬るか……」

「うむ。それしかなかろう。あの一件を知っているのはあやつだけだ。それに松山は若い。いつどこで口を滑らすか知れたものじゃない」

「ふむ……さようであるな」

「おぬしがやつを誘わなければ、こんな面倒なことにはならなかったのだ」

和一郎は咎める目を向けてくる。

源七郎は黙り込むしかない。

「やつがいなくても目的は遂げられたのだ。それにやつが裏切らずにひと働きしていたならば、宮本を死なすことはなかったかもしれぬ」

「……そうであるな」

責められる源七郎は、和一郎と目を合わすことができない。

「おぬしにはその責任を取ってもらう。松山を斬れ」

「……わかった」

「おれは見届け人になる」

源七郎は顔をあげて和一郎を見た。

「仕事は遺漏なくやり遂げねばならぬ」

「そうであるな」

「金は約束どおりもらってきたが、二人で山分けだ」

和一郎はそういって、二つの切餅を源七郎のほうに滑らせた。

「松山のことは明日にでも片をつけよう」

源七郎は切餅をしまいながらいった。

六

「え、おれの絵を……」

彦蔵はぽかんと口を開けた。

「伊勢屋のお嬢さんから話を聞きましてね。一度絵を見てみたいと、主《あるじ》が申すのです」

そういうのは勘兵衛《かんべえ》という、芝神明門前にある地本問屋・若狭屋の手代だった。

「おまきちゃんが……」

「大層な触れ込みでしたので、うちの主・庄右衛門《しょうえもん》が是非とも拝見したいと聞かないのです。ついては暇なときで結構ですから、見せていただけませんか」

思いもよらぬ申し入れに彦蔵は戸惑った。

「しかし、おれの描いたものなど人に見せられるようなものではないのだが……」

口ではそういうが、彦蔵は内心嬉《うれ》しかった。いつか誰かに評価してもらいたいと心ひそかに思っていたのだ。

「これはと思う自信のあるものをお持ちいただけませんか。主・庄右衛門は、なかなかの目利きでありますし、気に入られれば売れるかもしれません」

「売れるって……おれの絵が売れるというのか……」

「まあ、それは出来次第ではありますが、ではよろしくお願いいたします」

勘兵衛は頭を下げて帰ろうとする。彦蔵は慌てて引き止めた。

「それならあとで持って行きたいと思うが、今日でもいいだろうか？」

「結構です。では、そのように伝えておきますので……」

勘兵衛が帰っていくと、彦蔵はこれまで描きためた絵をあれこれ物色した。中途半端な絵や描きかけの絵は省き、自分で気に入ったものをいくつか選んだ。

画仙紙に描かれた絵は、虫の絵だったり、鳥だったりと、どれもが生き物だった。彦蔵が所持している黄表紙や、本屋で目にする人物画は一枚もない。しかも、絵の具を多用していないので、色鮮やかではなく、どれもこれも地味な彩りである。

彦蔵は二枚だけを見せることにした。一枚は若葉を這《は》う蝸牛《かたつむり》、もう一枚は椿の枝に止まって花の蜜《みつ》を吸う目白だった。

慌てて若狭屋を訪ねれば、軽く見られると思い、彦蔵はわざと時間をつぶして出かけることにした。それにしても若狭屋が興味を示してくれたことに、わずかな驚きがあった。もっともおまきが大袈裟《おおげさ》に吹聴《ふいちょう》しているのかもしれないが、若狭屋の主人が見たいということに、胸が高鳴った。

それに、勘兵衛という手代は、気に入られれば売れるかもしれないといった。まさか、そんなことはないと思うが、期待せずにはいられない。

もし、うまくゆけば、新たな稼ぎ口を探す必要がなくなる。若狭屋はこのあたりではかなり大きな地本問屋である。日本橋あたりで見た地本問屋とも引けを取らない。

人づてに聞いたことではあるが、世間で売れている絵師はいずれも地本問屋の贔屓《ひいき》を受けているという。

(ほんとうに気に入られたら……)

彦蔵は勝手に夢をふくらませた。

朝作ったみそ汁を冷や飯にぶっかけただけの昼餉《ひるげ》をさらさらかき込むと、一刻《いっとき》ほど時間をつぶし、二枚の絵をさも大事そうに持って長屋を出た。

若狭屋が近づくと、これまでとはちがう心持ちになった。これから歩く自分の道に、新たな希望の兆しが見えてきたような心の高ぶりを覚えるのだ。それに、初夏の日射しに包まれた若狭屋はいつになく輝いて見える。

「あら、いらっしゃいまし……」

いつも帳場に座っている店番の女は、彦蔵を見るなり、声が尻《しり》すぼみになった。いつも冷やかすように絵や黄表紙を見ては買わないから快く思っていないのだろう。三十年増《どしま》で愛想がないが、今日は額に頭痛膏《こう》を貼っているので、いっそう神経質に見えた。おまきから、おせきという名だと聞いている。

「主の庄右衛門さんに会いたいのだが……」

「旦那《だんな》にですか」

おせきは目を見ひらいて、驚いたような顔をする。

「呼ばれているのだ。取り次いでくれないか」

そういったとき、手代の勘兵衛が暖簾《のれん》の奥からあらわれた。

「これは松山様、お待ちしておりました。ささ、おあがりください。主がお待ちでございます」

おせきとちがって勘兵衛は愛想がいい。

奥の座敷に案内されると、主の庄右衛門がにこやかな顔で迎えてくれた。年のころは五十ぐらいだろうか、体に比して頭が大きく豊頬《ほうきょう》だった。

「伊勢屋のおまきさんから話は聞いておりましたが、思ったよりお若いですな」

庄右衛門は目を細めて彦蔵を見る。縁側の障子が開け放されており、手入れの行き届いた庭が見える。枝振りのよい松があり、青々と葉を繁らせた楓《かえで》があった。庭木のどこかに鶯《うぐいす》が止まっているらしく、清らかにさえずっていた。

「わたしは伊勢屋さんの茶を気に入っておりまして、注文するとおまきさんが決まって届けてくれるんです。もう、小さいころから知っておりますが、すっかりきれいな娘さんになられました」

「はあ……」

「先日、そのおまきさんから松山さんのことをお聞きしましてね。ずいぶん絵がお上手だと褒めちぎるんです。そんなことを聞くと、わたしも商売柄じっとしておれませんからね。絵はお持ちになりましたか……」

庄右衛門は一方的に話したあとで、彦蔵が脇に置いた絵に視線を向けた。絵はしわや折れができないように畳紙《たとうがみ》で包んでいた。

「人に見せられるような絵ではないのですが……」

彦蔵は謙遜《けんそん》してから畳紙を開き、二枚の絵をついと、庄右衛門のほうに差しだした。

目尻にしわをよせて微笑んでいた庄右衛門は、絵を手にすると急に真剣な顔になった。

彦蔵はなんだか落ち着かなかった。どんな返答があるかと、目を細めたり小さく首をかしげたりしては、目白と蝸牛の絵をためつすがめつ眺める庄右衛門を見る。

「……どうでしょう。下手な絵ですからね」

「松山さんは、絵をどなたかに習われたのでしょうかな」

庄右衛門は絵から顔をあげて聞いた。

「誰にも教わったことはありません」

「やはりそうでしょうな」

なんだか自分のことを見透かされたような気がして、彦蔵は落胆した。

「モノになるような絵ではないでしょう。好き勝手に描いているのですから」

庄右衛門は彦蔵の言葉には耳を貸さず、また食い入るような目を絵に戻した。

（いったい、なんだというんだ）

彦蔵は落ち着きなく部屋のなかに視線をめぐらせた。床の間に絵が掛けられていた。山水画である。部屋の隅には画紙が積んであった。その横に十数枚の絵が無造作に重ねられている。

「……筋はいいですな」

庄右衛門は何やら顔を曇らせて、やっと絵を膝許《ひざもと》に置いた。

「筆の運びがうまいと思います。筆使いも悪くありません」

「そうですか……」

褒められると悪い気はしない。彦蔵は頬がゆるむのを自覚した。

「しかし、まあこのままではどうにも……」

「モノにはならないでしょう」

彦蔵は遮るようにいった。どうせ素人の絵である、目の肥えた人間に気に入られるはずがない。ところが、

「それはわかりません」

と、庄右衛門はいう。

「四、五日、この絵を預からせてもらえませんか」

「それはかまいませんが……」

「では、また四、五日したら使いを出します。今日はわざわざ足をお運びいただきまして恐縮です」

世間話もなく、体よく追い払われる恰好《かっこう》だったが、彦蔵は何もいわずに若狭屋をあとにした。

筋はいいとか、筆使いや筆運びがいいと褒められはしたが、ただのお世辞だったのかもしれない。しかしながら四、五日預からせてくれというのが気になった。単に勿《もっ》体《たい》をつけ、そのまま絵を返すのを気の毒に思っているだけかもしれない。大人は得てしてそんなまわりくどいことをやるものだ。

彦蔵はどうにでもなれと、半ば捨て鉢な気持ちになって長屋に戻った。

「松山さん」

家に入ろうとしたら、同じ長屋の杢兵衛《もくべえ》という居職《いじょく》の指物師が声をかけてきた。四十半ばだが、すっかり髪の毛がなかった。

「なんでしょう」

「さっき、あなたを訪ねてきた人がありましてね。ずいぶん横柄な態度で、どこへ行った、いつ帰ってくるなどと、聞くんです。腹が立ったから、わたしゃあの人の守をしているわけじゃないから知らないといってやったんですが……ちょいと気になりましてね」

「侍でしたか？」

「そうです。痩《や》せた人で、頬のこのあたりがこけておりましたよ」

桜庭源七郎だ。若狭屋に呼ばれたことで、すっかりそのことを忘れていたが、やはり自分を探しに来たのだ。

「また来るといっていましたか？」

「いや、それはわかりません。何もいわずに長屋を出て行きましたから」

彦蔵は長屋の木戸口を見た。

人の姿はなかったが、彦蔵はまた源七郎はやってくると思った。単に咎《とが》め立てをしに来るだけではないだろう。

(斬りに来るのだ)

きっとそうだと思った。

第六章　奇策

一

彦蔵は戸に手をかけたが、すぐにその手を引いた。

家で待つのはよくない。長屋で騒ぎを起こせば、住人にも請人になってくれた大和屋にも迷惑をかける。彦蔵はそのまま長屋を出ると、通りを見まわし、長屋の木戸口を見張れる場所を探した。

古手屋の隣に、老夫婦がひっそりと商っている茶店がある。彦蔵はその茶店に入って、葦簀《よしず》の陰になる位置に座った。

日は傾きはじめている。通りをわたる野良犬の影が、さっきより長くなっていた。

半刻《はんとき》ばかり待ったが、桜庭源七郎は姿をあらわさなかった。彦蔵は自分の考えすぎで、単なる取り越し苦労ではないかと思った。源七郎は仲間の宮本勝之進を失いはしたが、計画は首尾よく終わったのだから、あらためて口止めするために来たのかもしれない。

だが、それは甘い考えだと、彦蔵はかぶりを振って否定した。源七郎も山下和一郎も、自分が裏切ったと考えているはずだ。計画は秘中の秘だった。二人は自分がその計画を漏らす恐れがあると危惧《きぐ》しているはずだ。そうであれば、選択される道はひとつしかない。

彦蔵は心の油断は禁物だと、自分にいい聞かせ、通りに警戒の目を向けつづけた。

それは夕七つの鐘が響いて、しばらくしたときだった。七軒町《しちけん》の角を曲がって通りにあらわれた男が二人いた。

ひとりは源七郎である。そして、もうひとりは山下和一郎だった。二人揃っているということは、どんな目的があるのか、もはや考えるまでもない。

襲撃の際、和一郎は暗殺に加わらなかった彦蔵を、双眸《そうぼう》に憎悪と殺意の色を漂わせて罵《ののし》った。やはり、二人は自分の命を狙っているのだ。彦蔵は自分の姿を隠すために、葦簀のさらに奥に移動した。

案の定、二人は彦蔵の長屋のほうに足を向けた。木戸口の前で和一郎が立ち止まり、源七郎がそのまま路地にはいっていった。

和一郎は周囲に注意深い目を向けている。傾いている日の光を白い顔が受けている。遠目にも凶悪な空気をその身に包んでいるのがわかる。

しばらくして源七郎が戻ってきた。和一郎と短く立ち話をして、あたりを見まわした。

（いかん、この店に来るのでは……）

自分の帰りを待ち伏せする気かもしれない。

彦蔵はどうしようか迷った。隠れていないで、茶店を出てしまおうかと考えた。だが、二人が人の目を気にせず斬りかかってきたらどうする？　この町で面倒を起こしてはならない。そんなことをしたら、自分はまた行き場を失ってしまうし、世話になった大和屋に顔向けできなくなる。

源七郎と和一郎は長屋の木戸口から少し離れた道端に移動して、また何か話しあっている。こっちに来る気配はない。

（どうする気だ……）

彦蔵は葦簀の隙間から二人を凝視する。

話を終えた二人は、一度長屋のほうを見て、それから通りに視線を飛ばすと、あきらめたように来た道を引き返していった。

出なおすつもりかもしれない。ひょっとすると寝込みを襲うつもりか……。

彦蔵は唇を噛《か》んで、遠ざかる二人の後ろ姿を見送った。このまま二人が自分のことをあきらめるとは思えない。どんな出方をするのかわからないが、殺しに来るかもしれない相手を待つのは気色のよいものではない。

彦蔵は自分から接近していこうと考え、二人を尾行することにした。気取られないために、十分な距離を取る。二人は角を曲がり、七軒町を通りすぎ、増上寺の大門通りから南へ歩く。まっすぐ行けば新堀川に架かる将監《しょうげん》橋だ。

彦蔵は商家の軒先や大八車の陰を利用して尾《つ》ける。早仕舞いの職人の姿が見られるようになった。近くには増上寺とその子院がたくさんあるので、坊主の姿が目立つ。

二人は将監橋をわたると、右へ進んだ。左は大名屋敷の長塀、右は新堀川に沿った蔵地と、大的場になっている。尾行する彦蔵の姿を隠すものが少ないので、さらに距離をあけた。徒党を組んで歩く勤番侍とすれ違う。

前を行く二人は脇目も振らずに歩いている。足に迷いがないので行き先は決まっているのだ。正面に大きく傾いた日があり、まぶしい光を投げつけてくる。

赤羽橋《あかばねばし》の前を通りすぎるとき、源七郎が一度後ろを振り返ったが、彦蔵に気づいた様子はなかった。一瞬、ドキッと胸をはずませた彦蔵だったが、そのまま気を取りなおして尾行をつづけた。

またもや大名屋敷の長塀になった。右側は新堀川沿いの藪《やぶ》である。柳や梅などの小木が生えているので、彦蔵はその幹に隠れるようにして尾けつづける。

夕日が雲のなかに隠れてあたりが翳《かげ》った。川向こうにある火の見櫓《やぐら》が夕靄《ゆうもや》のなかに浮かんでいた。先の右側に町屋が並んでいるのが見える。商家に出入りする人の姿が目立つようになった。左側はやはり大名屋敷だ。どこの大名家なのか、彦蔵にはわからない。

源七郎と和一郎は町屋を横目にまっすぐ歩きつづけている。町屋にはいると、彦蔵は距離を詰めた。二人の背中が大きくなる。

そのまま一之橋を二人は渡った。距離を詰めた彦蔵はあたりを見まわした。橋をわたった左手は、新堀川の土手道で河原は藪でおおわれている。土手道の一方は大名屋敷の塀である。人の姿は見られない。

彦蔵は足を速め、一挙に距離を詰めた。

「しばらく……」

声をかけたのは一之橋をわたってすぐのところだった。

びくっと肩を動かして、二人が振り返り、同時に目をみはった。

「わたしを訪ねてこられたそうですね」

「きさま、尾けてきたのか……」

和一郎がにらんできた。早くもその目に殺意の色を浮かべた。

「話がおありでしたら、聞きます」

「話もへったくれもない。負け犬のように臆病風《おくびょうかぜ》を吹かして逃げやがって……」

吐き捨てるようにいった源七郎は、刀の柄《つか》に手を添えるなり鯉口《こいぐち》を切った。

（やはり、そうか……）

彦蔵は腹を決めた。

「斬るつもりですね」

彦蔵はそういうと、二人を誘うように左の土手道に足を進めた。二人は釣られたようについてくる。

雲に隠れていた日があらわれたらしく、またあたりがあかるくなった。

彦蔵は立ち止まると、二人の正面に立った。

二

「わたしは逃げたわけではない」

彦蔵は殺意をみなぎらせている二人を凝視した。

「たわけたことを。きさまのせいで宮本勝之進は命を落としたのだ」

和一郎の顔が夕日に赤く染まっていた。

「駕籠《かご》舁《かき》を斬ることはなかった」

「なんだと」

和一郎の片眉《かたまゆ》が吊《つ》りあがった。

「駕籠舁はなんの関わりもない者。それなのに、斬られてしまった。あのとき駕籠舁が斬られなかったら、わたしは戦っていた」

「ほざけ、きさまはやはり青二才の若造だ。目的を果たすためには犠牲はつきものだ。それが世の常だ。きさまを誘ったおれも馬鹿だったが、まさか土壇場で逃げるとは思いもしなかった」

源七郎が一歩詰め寄った。彦蔵はゆっくり右足を引き、刀の柄に手を添えた。

「山下さんは天誅《てんちゅう》だと申された。しかし、あとになってよく考えれば、まことに天誅だったのでしょうか。わたしはそのことが解《げ》せなくなった」

和一郎は、ふんと鼻を鳴らして笑い、言葉を継いだ。

「この期に及んでいいわけでもぬかしたいつもりか。いらぬことよ。皆川殿を暗殺することで、庄内藩は救われるのだ。あの一件をやり遂げたことで、ようやく暮らしのよくなった多くの民百姓は、再び苦しめられずにすむ。ようやく経済を立てなおした藩も、二度と迷うことはない。国というのは、たったひとりのために苦しめられることもあれば、救われることもある。政には表と裏がある。表向きだけを見て、何もかもよしというわけにいかぬのだ。物事には必ず裏がある」

「もっともなことでしょうが、駕籠舁に罪はなかった」

「駕籠舁、駕籠舁とうるさい野郎だ。何かをやるには必ず犠牲はつきものだ。おれたちとて、宮本勝之進を犠牲にしているのだ。もはやいらぬ戯《ざ》れ言は無用だ」

源七郎が吐き捨てて、刀を抜きはなった。

彦蔵はわずかに腰を沈めた。和一郎はすぐにかかってくる素振りではない。源七郎ひとりにまかせるつもりかもしれない。

源七郎がじりじりと間合いを詰めてくる。彦蔵は自分の間合いをはかり、源七郎の目の動き、足の動きを警戒した。

わずかに浮いていた源七郎の右のかかとが地に着き、膝《ひざ》が沈んだ。

（来る）

そう思った瞬間、源七郎が大きく動き、剣尖《けんせん》をのばしてきた。素早い動作であった。しかし、彦蔵は脇をすり抜けながら刀を鞘走《さやばし》らせていた。どすっという鈍い音がした。とっさに振り返って体勢を整えたが、源七郎は斬られてはいなかった。彦蔵は帯を斬っただけだと気づいた。

青眼に構えなおして、再び対峙《たいじ》したとき、不思議な感覚を覚えた。他人と真剣で真っ向勝負するのは、生まれて初めてのことである。しかも、これは斬るか斬られるかの命のやり取りだ。それなのに、彦蔵には恐怖心がなかった。そればかりではなく、さっきまでの自分が襲われるという心許《こころもと》ない弱気がすっかり消えていた。

一寸、二寸とすり足を使って源七郎が間合いを詰めてくる。禍々《まがまが》しいほどに目を血走らせた双眸《そうぼう》は、尋常ではない。総身に今度こそは斬り捨てるという殺意をみなぎらせていた。

彦蔵は右下段に構えなおして、わずかに左足をだした。

風が吹いてきた。

日が翳《そ》り、削げたように頬のこけた源七郎の顔が暗くなった。双眸だけが光っている。

その源七郎が踏み込みながら袈裟《けさ》懸けに斬りに来た。彦蔵はその一撃を下からすくいあげるようにはね返すと、すかさず刀を横に振り抜いた。

残心を取らずにそのまま二間先まで駆けて、振り返った。これは和一郎の不意打ちを警戒してのことだったが、和一郎は驚いたようにどさりと倒れた源七郎を見ていた。

「お相手されるか。口止めのつもりだろうが、わたしはあの件は誰にもいいはしない」

「きさまを信用するとでも思っているのか」

和一郎は地を蹴《け》ると、そのまま彦蔵に突進してきた。刀を鞘走らせるなり、逆袈裟の一撃を見舞ってきた。しかし、彦蔵は間合い半間のところで、大きく跳躍し、和一郎の背後に着地していた。尋常でない跳躍力と身の軽さは、野山を駆けて育つうちに自然に身についたものだった。

その敏捷《びんしょう》さに和一郎は、驚いたようだったが、すぐに撃ちかかってきた。右面、左面、つづいて鋭い突き。連続技が繰りだされてきたが、彦蔵はそのすべてを、刀を合わせることなくかわして横にまわりこんだ。

このとき、これだったかという閃《ひらめ》きがあった。堀新十郎に使われた〝脱〟という技である。木刀を使っての稽古《けいこ》で、何度やっても要領をつかめなかった技だ。それが一瞬にして開眼したようにわかったのである。

彦蔵はわざと間合いを外して、少しさがった。和一郎の白い顔が紅潮していた。肩が上下に動き、息が荒くなっているのがわかる。

彦蔵は息ひとつ切らしていなかった。すうっと、大きく息を吐きだした和一郎が詰めてきた。雪駄《せった》の先で地をつかみ、指を動かして刀の柄をにぎりなおす。

日は急速に翳《かげ》りはじめていた。さっきより風が強くなり、河原の藪《やぶ》を騒がせ、乾いた音がした。数羽の鳥がその藪から飛び立った瞬間、和一郎が剣尖をのばしてきた。

当人は鋭い一撃を送り込んだつもりだろうが、彦蔵にはずいぶん緩慢な動きに見えた。和一郎の踏み込んだ足が地に着く前に、彦蔵は刀を合わせることなく懐に飛び込んでいた。そのまま脇腹を横に薙《な》ぎ、すかさず振り返ると後ろ首に一刀をたたきつけた。

夕闇のなかに血飛沫《ちしぶき》が散り、和一郎はそのままどさりと前のめりに倒れた。

彦蔵は大きく息を吐きだし、あたりを見まわした。人の姿も、斬り合いを見ていた人の目もなかった。

彦蔵は懐紙で刀をぬぐうと、そのまま何事もなかったように、急ぎ足で歩き去った。

三

人を斬ったという興奮は、長屋に帰ってから勃然《ぼつぜん》とわきあがった。

育ての親である辰兵衛を斬ったときのような後悔はないが、それでも人間の心の奥にひそむ罪業に苛《さいな》まれた。人は呵責《かしやく》なき罪を犯しながら生きていくのかもしれないが、若い彦蔵はいやな想念を容易《たやす》く振り払うことができなかった。

その夜は、何も考えまいと夜具にくるまってかたく目を閉じ、得もいえぬ恐怖に襲われたように体をふるわせていた。

半ば開きなおった気持ちになり、平常心を取り戻せたのは翌日の夕方だった。それでも心の片隅には、罪の意識が棲《す》みつづけていた。

だからといって彦蔵には、その思いを引きずっている暇はなかった。これからは一時しのぎの稼ぎをあてにしてはいけないし、自分で暮らしていけるだけの仕事を見つけなければならない。

日傭《ひようと》取りならいつでもできるが、それでは将来性はまったくない。刀を捨てて職人を志すか、それともどこかの商家に入り奉公勤めをするか……。仕官できないのはすでに承知している。生きるためには、侍へのこだわりを捨てるべきかもしれない。

これはよく考えなければならないことだった。また、そのこととは別に、彦蔵には何としてでもやらなければならないことがあった。

両親の仇《かたき》を討つということである。

しかし、それにはあらゆることを考えなければならないし、いろいろと調べなければならないことがある。こちらは慌てることなく、ゆっくり時間をかけるつもりであった。

「彦蔵さん」

どこかで夕餉《ゆうげ》をすませようと、通りを歩いていると、横町の路地からおまきが下駄音をさせて駆けよってきた。

はあはあと息をはずませ、嬉《うれ》しそうに微笑んでいる。すんだ瞳《ひとみ》はいつ見てもきれいで、白い頬がほんのり赤くなっていた。

「お出かけ？」

「飯を食いに行こうと思っていたんだ」

「独り身だと作るの大変ですからね。わたし、用がすんだから付き合ってあげるわ。どこがいいかしら……」

「そうだな」

「もしよかったらわたしが作ってあげましょうか」

「そんなことはできない。それに家に帰ってもおかずの具がない」

「買って帰ればいいわ」

彦蔵は歩きだしたが、すぐに立ち止まっておまきを振り返った。

「おまきちゃん、おれにそんな親切をしてよいのか」

「え、どういうこと……」

おまきは小鳥のように目をしばたたく。

「おまきちゃんは嫁入り前だ。変な噂が立ったらまずいのではないか。ちょっと耳にしたんだが、縁談話は引きも切らないというじゃないか」

「なんだ、そんなこと……」

おまきは唇を少しとがらせ、つまらなそうな顔をして歩きだした。

「彦蔵さん、わたしの縁談を気にしているの？」

「そりゃ……気にしないほうがおかしい。めでたい話が来ているときに、おれみたいなわけのわからない浪人との噂が立ったら迷惑をかける」

「彦蔵さんは迷惑なの……」

「いや、おれは……」

彦蔵はこほんと、ひとつ空咳《からせき》をして言葉を足した。

「おれは家禄《かろく》も何もない、先行きの知れないしがない浪人だ。おまきちゃんは立派な商家の娘ではないか。変な噂が立って、せっかくの縁談話が流れたら迷惑をかけることになる」

「話を持ってくるのはおとっつぁんとおっかさんよ。わたしの気持ちなんて、なんにも聞かないで勝手に騒いでいるだけよ」

「それは、おまきちゃんのことを思っているからだろう」

「いいえ、そんなことはありません」

おまきはきっぱり否定する。

「おとっつぁんもおっかさんも、もっと店を大きくしようと考えているの。それはそれで立派なことだけれど、わたしはそのダシに使われるのはごめんだわ」

「ダシ……」

彦蔵は小首をかしげた。

「そうよ。店をもっと繁盛させ、大きくしたいために、金持ちや世間に顔の広い家の人とくっつけたいだけなのよ。大人は汚いわ。娘の気持ちなんてどうでもいいんだから……」

おまきは下駄の先で小石を蹴った。

二人はいつしか神明社の門前まで来ていた。そのままどちらから誘うでもなく、自然に境内に入った。七太夫を座頭とする宮芝居一座があるが、すでに木戸は閉められている。境内にある水茶屋は閑散としていて、矢場も店仕舞いをはじめていた。

彦蔵がいつも稽古《けいこ》をするのは、拝殿に向かって左側の空き地だった。そのそばに手水舎《ちょうずや》があり、二人は近くまで行って立ち止まった。

「そういうこととは知らなかった」

親の考えがよいのかどうか、彦蔵にはわからなかったが、娘の気持ちをないがしろにしているのなら感心できない。

「あ、そうそう」

おまきは急に思いだしたように、パンと手をたたいて彦蔵に体を向けた。

「昼間、若狭屋さんにばったり会ったの。彦蔵さん、若狭屋さんに絵を見せたでしょう」

「おまきちゃんが大袈裟《おおげさ》なことをいったようだからな」

「余計なことだったかしら……」

「気にはしていないさ。まあ、暇つぶしに見せただけだ」

「なんだか気に入ったらしくて、わたしに言付けされたの。折り入って話がしたいので、暇なときに来てもらいたいらしいわ。あの人、あれで結構のやり手らしくて、有名な絵描きを育ててるのよ。それがどんな絵描きかって聞かれても、わたしにはよくわからないけど。ひょっとして、彦蔵さん見込まれたのかもしれないわよ」

「まさか、そんなことはあるまい」

と、否定しつつも彦蔵は、若狭屋があの絵を気に入ってくれたのかと、半信半疑ながらも嬉しくなった。

「とにかく行って話を聞いてみるといいわ」

「そうしよう」

「彦蔵さん、ご飯を食べに行くのでしょう。わたし、そろそろ帰らなきゃ……。お付き合いできなくてごめんなさい」

「いや……」

おまきはぺこんと頭を下げると、先に帰っていった。

ひとり取り残された恰好《かっこう》だったが、おまきと話したことで彦蔵の胸の奥でくすぶっていたものがいつしか薄れていた。見あげた空に浮かぶ雲が、茜色《あかねいろ》に染められていた。

近くの町屋にある一膳《いちぜん》飯屋で空腹を満たした彦蔵は、そのまま家に帰った。

長屋の家に入ってすぐのことだった。半開きにしている戸の前に立った男がいた。

「何か……」

男は四十半ばと思われる。尻端折《しりはしょ》りの着物に股引《ももひき》というなりだ。

「へえ、松山彦蔵さんでいらっしゃいますね」

「さようだが……」

雑巾《ぞうきん》で足を拭《ふ》いていた彦蔵は立ちあがった。

「あたしは凌宥館で下働きをしております、芳造《よしぞう》と申します。ほうぼう探してやっとこちらを探しあてたんですけれど、一度道場に見えた松山彦蔵さんにまちがいありませんね」

「凌宥館には行ったことがある」

「それじゃまちがいないようです。あまりにもお若いので、もしや人違いだったら失礼かと思ったんでございます。それで、堀先生からの言付けなんですけれども、折り入って相談したいことがあるので、道場に来てもらいたいということなんですが、いかがでございましょう」

「相談……」

「はい、それが急いでおりまして。もしよければ、明日の朝にでも先生を訪ねていただけませんか」

彦蔵は短く視線を彷徨《さまよ》わせて、

「どんな相談かわからぬが、わかった。明日の朝訪ねよう」

そう応じると、芳造はよろしくお願いしますと、深く辞儀をして帰っていった。

(妙なことになった)

彦蔵は上がり框《がまち》に座ると、腕を組んだ。若狭屋庄右衛門は折り入って話があるといっているし、凌宥館の師範・堀新十郎は急ぎの相談があるという。

「ふむ……」

四

翌朝、凌宥館を訪ねた。

道場はまだ閉まっていたので、母屋の玄関で訪《おとな》いの声をかけると、若い女の声がして、戸が開けられた。

その一瞬、彦蔵は、はっと息を呑《の》んだ。

目の前に立つ女に目を奪われたのだ。それはきりっとした顔立ちの若い女だった。一重の目は細いが、瓜実顔《うりざね》によく似合って涼しげである。

彦蔵はこれまで、こんなに華やいだ女に会ったことはなかった。伊勢屋のおまきは、まだ子供みたいなところがあり、大人になりきれない娘という感じだ。天真爛漫《らんまん》で快活な性格は好ましいが、目の前の女は落ち着きがあり、花にたとえれば百合《ゆり》のようであった。

「何か御用でございましょうか……」

女は小首をかしげたあとで、すぐに言葉を足した。

「もしや、松山彦蔵さんでしょうか？」

「あ、はい。さようです。堀先生はいらっしゃいますか？」

「お待ちでございます」

式台にあがると、女は彦蔵の雪駄《せった》を揃えた。その長くてしなやかな指が印象的だった。通された座敷に、堀新十郎は庭を背にして座っていた。彦蔵を見ると、白い眉《まゆ》の下にある目を細め、お呼び立てして申しわけないと謝った。

「いえ、何やら急ぎのご相談があるとお聞きしましたので……。それはそうと、よくわたしの住まいがわかりましたね」

「門弟が芝神明町のあたりで、貴殿を何度か見かけているのだ。それで見当をつけて、芳造に探してもらったわけだよ」

なるほどそうだったのかと、彦蔵は納得した。

「それで、相談とは……」

「まあ、いましばらくお待ちを。師範代の市原がそろそろやってくると思う。話はそれからにいたしましょう」

そのとき、さっきの女が衣擦《きぬず》れの音をさせながら茶を運んできた。彦蔵はその楚々《そそ》とした所作と、横顔を盗むように見た。

「あれは一日置きにやってくる女中だ」

女が去ったあとで、新十郎がいった。

「女中といっても、木挽《こびき》町から花嫁修業に来ているのだよ。尾張屋《おわりや》という大きな味噌《みそ》醤油《しょうゆ》問屋の娘でな。武家の作法をここで教えているのだが、もうすっかり覚えてしまった。お気に召されましたか……」

「いえ……」

彦蔵はなんだか心中を見透かされたような気がして、誤魔化すように湯呑みをつかんだ。そんな様子を見た新十郎は、短く笑った。

「門弟のなかには、不届きにもあの娘をめあてにやってくる者もいる」

「……花嫁修業をされているのでしたら、相手が決まっているのでしょう」

「なに、剣術修業と同じで、単に修業中の身ということだよ。それに千春《ちはる》はその辺の男には高嶺《たかね》の花だ」

（千春というのか……）

彦蔵は湯呑みの中の茶柱を見ながら、胸中でつぶやいた。そのとき廊下に足音がして、すぐに市原光太郎がやってきた。

彦蔵と対するようにして座ると、

「もうお話しになられたので……」

と、新十郎を見た。

「これからだ。では用件を話しましょう。じつは不届きな道場破りがあらわれましてな。親交のある道場から、その旨の知らせを受けておったのですが、まさか当道場にやってくるとは思いもしないことで……」

その道場破りは、近ごろ市中の道場を訪ねては立ち合いを申し込み、荒っぽい技を繰りだしてことごとく門弟らを打ち負かしているらしい。

「立ち合いだけですむならまだしも、怪我人は出るし、羽目板は破れるしで、その荒くれぶりはすさまじいという。まさか松山殿ではないかと勘ぐってしまったが、年恰《としかっ》好《こう》もまったくちがうらしい」

「断ればすむことでは……」

彦蔵が口を挟むと、それができないのだと、光太郎がいう。

「断れば、道場の前で大声でわめき散らし、玄関の戸を蹴《け》ったり、看板を投げ捨てたりと暴れるらしいのだ。その無礼は目に余るという。他流試合を断る道場にも同じことをやり、立ち合いに応じなければ金をせびるという」

「応じればどうなのです」

「応じた道場のほとんどが負けを喫しているというのだ」

光太郎は苦虫を嚙《か》みつぶした顔でいう。

「そんなに強いのですか？」

「強いのは強いのだろうが、市中にある道場は防具をつけて、竹刀を使っての稽古《けいこ》がもっぱらだ。ところが、その男は竹刀を嫌い防具を嫌う。使うのは門弟らが普段手にしない木刀である。真剣ではないが、それでも堅い木刀。へたをすれば死に至る。あまりにも危険な立ち合いなので、他の道場は二、三人相手をさせただけで、うまく話をして帰しているという」

「……その男のめあては金ですか？」

「所詮《しょせん》、そういうことだろう。この道場に来たのは二日前だ。これは噂の道場破りだと察したので、わたしがこちらへ通し、先生と会わせたのだ」

「それで、いかがされました？」

彦蔵は新十郎を見た。

「こういったことは道場主自ら相手をすべきことだろうが、わしは見てのとおり耄碌《もうろく》をしておる。竹刀ならともかく、木刀を振りまわす力はない。師範代の市原にまかせようかと思ったが、噂が噂だけに思い迷ったのだ。それで三日ほどあとに来てくれと頼んだ」

「すると、明日その男は来ることになっているのですね」

「さよう。わしは一の高弟で、いまは本所《ほんじょ》で道場を開いている谷田《たにだ》半蔵《はんぞう》に頼み、相手をさせようと思った。あやつならおそらく負けはしないと踏んでのことだ。ところが半蔵は脚気《かっけ》を患っておって、足がどうもいけないという」

「それでわたしに……」

「金めあての道場荒らしをのさばらせておくわけにはいかぬ。どこかで食い止めなければ、図に乗って他の道場にも迷惑をかけることになる。貴殿の腕を見込んでのことだ。どうか頼まれていただけまいか」

新十郎が頭を下げれば、師範代の市原光太郎も頭を下げる。

頼りにされることにいやな思いはしないが、彦蔵は警戒心をはたらかせた。先日も桜庭源七郎の話に乗っていやな思いをしたばかりである。

「そうは申されましても、わたしはこの道場の門弟ではありませんし、流派もちがうはずです」

「流派などよほど目のある者でなければわからぬ。それに、わしのほうから先方に弟子だと触れ込めば疑いはしないはずだ」

「先日、松山殿はわたしと先生と立ち合われた。あのときからこの道場の門弟ということにしておくこともできる」

市原光太郎が膝《ひざ》を進めていう。

「それでは他の門弟の方々がおもしろく思われないのでは……。それにあとになって、急ごしらえの雇われ人だと、相手に知られてしまえばかえって道場の体面が保たれないのではありませんか……」

「いかにもごもっともなこと。だが、そのことは心配には及ばぬ。わしのほうから弟子らにはうまく話をするし、立ち合いの席には弟子はひとりも入れない」

彦蔵はそういう堀新十郎の、老獪《ろうかい》な目を凝視した。

「……もし、わたしが負けたらいかがされます？」

「潔く金を払うしかあるまい。相手は二十両と申している」

彦蔵は視線を彷徨《さまよ》わせた。新十郎の背中に見える庭で蝶《ちょう》が舞っていた。前にいる二人は、おそらく自分をうまく利用しようとしているのだろう。話の流れで何となくわかる。しかし、このままではあまりにも自分がお人好《ひとよ》しすぎるのではないか。思慮の足りないことをいって、あとで後悔はしたくない。

「では、わたしにも注文があります」

彦蔵はまっすぐ新十郎の目を見た。

「何であろうか……」

「わたしが負けたら十両。勝ったら、別の注文をお聞きいただけますか？」

彦蔵は新十郎と光太郎を交互に眺めた。

「別の注文とは……」

光太郎がいった。

「それは立ち合いのあとで話します。決して無理なことではないはずです。もし、この話を呑《の》んでもらえなければ、わたしはこのまま帰るだけです」

彦蔵はわざと尻《しり》を浮かした。すると、すぐに新十郎が手をあげて制した。

「承知した。話を呑もう」

五

凌宥館を出たあとは、所在なくぶらぶらと歩いた。

単なる暇つぶしではなく、自分の考えを整理するためだった。独り立ちしなければならないという思いがあったが、いま目鼻がつきそうである。しかし、ほんとうに実現すればよいが、そうならないかもしれないという危惧《きぐ》もある。

吉と出るか凶と出るかは、明日の立ち合いで決まる。そう思うと、なぜか武者ぶるいがしそうである。

質《たち》の悪い道場破りの名は、井芹慶次郎《いせりけいじろう》といった。立ち合ってもいないので、どんな剣法なのかわからないと堀新十郎はいったが、おそらく介者剣術だろうと推量していた。

彦蔵は相手がどんな技を使おうが、さして気にはしていない。むしろ、自分の力量が試せると、胸がはずむほどなのだ。それに、自分は真剣で二人を斬ったという自信が、意識の底に生まれていた。

驕《おご》りなら戒めなければならないが、強い相手と戦いたいという思いがあるのはたしかだった。

ふと気がつくと、木挽町の通りを歩いていた。新十郎の道場で花嫁修業をしている千春のことがあるからだろう。道場を出る際、千春は玄関で見送り、

「ご足労をおかけしました」

と、丁寧に頭を下げた。些《さ》細《さい》なことであるし、あたりまえのことなのだろうが、彦蔵は千春に声をかけられたことが、妙に嬉《うれ》しかった。

頭のなかでおまきと比較してみたが、そのこと自体がいかにも愚かしいことだと気づき、彦蔵は苦笑を漏らした。いずれにしろあの二人をどうこうしようという気もないし、またいっしょになれるとも思っていない。ただ、異性に対する憧《あこが》れがあるだけだった。

尾張屋という千春の店は、立派な味噌《みそ》醬油《しょうゆ》問屋だった。間口も広く、屋根看板には古くなってはいるが金文字が走っていた。右隣は塩問屋、左隣は小間物屋だった。どちらもそれ相応の店だったが、尾張屋の構えに存在感があるので、見劣りするのだった。

（こんな立派な店の娘なのに……）

町道場で花嫁修業するのかと、不思議な気がした。

そのままきびすを返して自宅長屋に足を向けたが、途中で若狭屋のことを思いだした。折り入って話があるらしいが、どんなことだろうかと気になってきた。

いずれにしろ絵は返してもらわなければならない。過分な期待はしないほうがいい。地本問屋の主《あるじ》に素人絵を褒められたところで、それで暮らしが立つわけではない。

若狭屋の暖簾《のれん》をくぐると、いつも帳場に座っているおせきという愛想の悪い女はいなかった。その代わり、積んである本を整理していた勘兵衛という手代が振り返った。

「これはちょうどようございました。いま、旦那《だんな》がお帰りになったばかりで、松山さんはまだ見えないのかと聞かれたんでございます。ちょっとお待ちください」

勘兵衛はそそくさと奥に消えると、すぐに戻って来て、彦蔵を先日とはちがう客座敷に案内してくれた。

若狭屋庄右衛門はにこりと笑って彦蔵を迎え入れ、

「先日は大事な絵をお預かりしまして、失礼いたしました。早くお返ししなければと思っているときに、ばったり伊勢屋のおまきさんに会いましてね。それで言付けを頼んでいたのです」

「聞きました」

「絵はこのとおり、お返しいたします」

庄右衛門は畳紙《たとうがみ》で包んだ絵を差しだした。

「まちがいがあってはなりませんので、一応あらためていただけますか」

彦蔵は畳紙を開き、ちらりと見ただけで、

「たしかに……」

といって、無造作に畳紙ごとくるくるとまるめた。それを見た庄右衛門が額にしわを作って、驚いた顔をする。

「それはいけません。大事な絵です。もう少し丁寧に扱わないと、せっかくの絵が台無しになります」

「どうせ、素人の絵だ。それで預かったのには何かわけがあったのでしょう」

「はい。わたしの目ではわかりませんので、知り合いの絵師に見てもらいました」

「絵師……」

「歌麿《うたまろ》とか、北斎《ほくさい》という名をお聞きになったことはありませんか？」

「さあ……」

彦蔵は首を振る。庄右衛門の目が細められた。

「ご存じありませんか。二人とも絵のほうではかなりの方ですが……まあ、よいでしょう。とにかくわたしは、松山さんの絵がよいのかそうでないのかよくわかりませんでした。出来はいいように思ったのですが、何か物足りない。何かが欠けていると思いましてね。さて、それは何だろうと気になったのです」

「遊び心で興じているだけです」

「そうおっしゃいますが、気になったのです。それで、歌麿さんに見てもらいますと、絵心はあるようだが、まだ何もわからずに描いているだけだといいます」

いきなり貶《けな》された気がして、彦蔵は目を厳しくした。

「それで……」

「修業次第では絵師としてものになるかもしれないといっていました。筆の運びと、もののとらえ方がよいというのです」

なんだか褒められているのか、そうでないのかわからない。

「鳥と蝸牛《かたつむり》でしたが、その絵の背景が寂しいともいっていました」

やはり貶されている。

「しかし、そこに工夫があればよくなるともいっていました。これはわたしの感想ではありませんのであしからず」

庄右衛門は彦蔵の顔色を窺《うかが》うようにしてつづける。

「宗理《そうり》さん、あいや、いまは名を変えて北斎と名乗っていますが、北斎さんは簡単に申されました。おもしろいと」

「おもしろい……。それだけ？」

「はい」

庄右衛門はにっこり微笑む。豊頬《ほうきょう》だから耳のあたりの肉がたるんでいる。

「おもしろいとは、つまり箸《はし》にも棒にもかからないということでしょう」

「いいえ、北斎さんは正直におもしろいと思ったようです」

「おもしろいといわれただけで、結局は素人絵と見下されたんでしょう」

きっと、そういうことだと思う彦蔵は、何だかおもしろくなくなった。妙に不愉快な気分を味わっていた。持ちあげられて、突き落とされるようなことをいわれているのだ。庄右衛門はそんな彦蔵のことなど気にせず、

「松山さん、どうでしょう。本気で絵を学んでみる気はありませんか？」

「わたしが絵を……」

と、身を乗りだしてくる。

「名のある絵師に弟子入りされたいお考えがあれば、ご紹介します」

彦蔵はムッとなった。絵は好きだが、他人に弟子入りしてまで絵を習おうとは思わない。だが、思っていることは口にせず、

「弟子入りすれば、生計が立ちますか？」

と、聞いた。

「そりゃあ無理です。一人前になるまでは辛抱してもらうことになります」

ほら、そういうことではないかと、彦蔵は腹の中で毒づく。

「若狭屋さん、せっかくの親切でいってくださってるんでしょうが、わたしは絵で暮らしが立つとは思っていないし、わたしにその腕がないことぐらい承知しております。手慰みに好きな絵を描いているだけなのに、他人にとやかくいわれるのは愉快ではない。帰らせてもらう」

すっかり気分を害した彦蔵は、畳を蹴《け》るように立ちあがった。

庄右衛門は「お待ちを、お待ちを」と慌てていたが、へそを曲げた彦蔵は耳も貸さずに若狭屋を出た。

「まったく、人を馬鹿にしやがって……」

吐き捨てながら歩く彦蔵は、返してもらった絵を二つに折り曲げ、木の枝を折るように膝《ひざ》に打ちつけた。だが、絵はくにゃっと曲がっただけだった。

彦蔵は、こんなとき大人は、きっと酒を飲むのだろうと思った。

六

むしゃくしゃした気分は一夜明ければなおり、絵のことは忘れることにした。それより、大事なのは今日の試合であった。

相手は見も知らぬ道場荒らし。いかほどの腕があり、どんな技を得意としているのかわからないが、彦蔵はいつものように神明社へ行って鍛練に励んだ。

ひょんなきっかけで〝脱〟という技を会得したので、そのおさらいをした。もっとも相手のいない、仮想の敵を見立てての稽古《けいこ》である。あっさり身につくとは思わない。同じ動作を繰り返して体に覚え込ませるしかない。

日に日に陽気がよくなっているので、少し体を動かすだけで汗をかくようになった。彦蔵は諸肌《もろはだ》脱ぎになって、木刀を振りつづけた。野山を駆けて鍛えた体はよく発達しており、胸にも二の腕にも、そして足にも逞《たくま》しい筋肉が隆起していた。

飛んだり踏み込んだり、そして反転したりするたび彦蔵の体は、汗の飛沫《しぶき》を散らしながら躍動した。

その日、凌宥館の稽古は休みとなっていた。したがって道場に通ってくる門弟はいない。道場は彦蔵と井芹慶次郎という道場荒らしのためだけに使われる。

師範の堀新十郎は、夕七つ（午後四時）までには道場に来るようにいっていた。それまでに彦蔵は十分な準備を整え、心を落ち着けた。

凌宥館に行ったのは、約束の刻限より小半刻《こはんとき》ほど前だった。母屋の座敷で茶をもてなされ、しばし時間をつぶした。その日、千春も来ているのではとかすかに期待していたが、通いの日ではないので姿はなかった。茶を淹《い》れたり、草履《ぞうり》を揃えたりと、細々と世話を焼くのは下男の芳造だった。

夕七つの鐘が聞こえてすぐ、道場の前で井芹慶次郎を待っていた師範代の市原光太郎が座敷にあらわれた。

「先生、井芹が来ました。いま道場に通します」

新十郎を見ていった光太郎は、「頼むぞ」という目で彦蔵にうなずいた。

「では、松山殿……」

新十郎が「よいしょ」とかけ声をかけて立ちあがった。彦蔵はそれを見てすっくと立ちあがり、襷《たすき》を掛け、袴《はかま》の股立《ももだ》ちを取った。それから新十郎にしたがって道場に向かった。

道場は武者窓から射し込む日の光に満ちていた。井芹慶次郎はすでに道場中央に座していたが、彦蔵を見るなり、眉宇《びう》をひそめた。

その井芹の前に彦蔵は静かに進み出て、正座した。虚をつかれたのか井芹の目が驚いたように見開かれる。それから上座に座った新十郎と光太郎に顔を向けた。

「道場主、この若造がおれの相手だとぬかすか」

「いかにも」

「なんだと……」

井芹の目が再び彦蔵に向けられた。総髪に無精ひげ。顎《あご》がとがっており、目は獣のように炯々《けいけい》と光っていた。六尺近い大男だ。

「松山彦蔵と申します」

「凌宥館の俊才だと聞いていたから、楽しみにしていたがこんな若い小僧だとは思わなかった」

「若いというだけで小馬鹿にされますか……」

彦蔵は井芹の双眸《そうぼう》を凝視していう。

「いや、道場主が俊才というのであれば、それなりの腕があるのだろう。よかろう、相手をしてもらう」

「勝負は一本」

光太郎が声をひびかせた。

同時に井芹がすっと木刀を構えて、ゆっくり立ちあがった。彦蔵もわずかに遅れて立ちあがり、木刀を右下段に構えた。

「遠慮はいらぬ。どこからでもかかってこい」

井芹はすっかり舐《な》めきっている。だが、彦蔵は少しも動じずに、静かに右に半尺動いた。井芹の剣先がそれに合わせて動く。

（なるほど、手強《てごわ》い相手だ）

彦蔵はもう半尺、右に動いて思った。隙が見えない。威圧感もある。撃ち込めば、上段から脳天を狙われる。突きを送り込んでもそれは同じだろう。

彦蔵は隙を探るために、さらに右に動いた。と、そのとき井芹の剣が下がったと思ったら、迅雷の勢いで突きがのびてきた。彦蔵はとっさに下がってかわしたが、井芹の突きはつづけざまに送り込まれてきた。

彦蔵は体をひねって二つ目の突きをかわし、三つ目の突きをとんぼを切ってかわした。

井芹は攻撃の手を休めなかった。わずかに彦蔵の体勢が崩れたのを見ると、すかさず横面を狙って撃ち込んできた。

彦蔵はトンと床板を蹴ると、宙に飛び井芹の頭を飛び越えながら、肩を狙って木刀を振りおろした。

かーん！

最初の一撃は、下からはね返された。着地したところへ、井芹が胴を抜きに来た。

彦蔵は右足を軸にして反転することで攻撃をかわし、即座に井芹の太股を狙い撃ちにいった。ところがその一撃を井芹はたたきつけるように防ぎ、足払いをかけてきた。

だが、彦蔵は素早く跳躍してかわし、壁板を片足で蹴ると、そのまま井芹の顎を狙って突きを送り込んだ。

すんでのところでかわした井芹は、間合いを取るために下がった。

「なるほど、なかなかやるな。おもしろい若造がいたもんだ」

井芹は口辺に皮肉な笑みを浮かべて、すすっと間合いを詰めてきた。さらに、後ろに引いたかかとをわずかにあげると、平青眼から剣尖《けんせん》を高くあげていった。

彦蔵は下がらずに青眼の構えを保った。乱れた小鬢《こびん》の後れ毛が、武者窓から吹き込んでくる風に揺れる。大上段に構えた井芹の大きな体が、床板に影を作っている。

彦蔵はじっと待った。腕と肩から力を抜き、静かに息を吐き、下腹に力を入れて剣気を募らせた。

（来る）

そう思った瞬間、井芹が裂帛《れっぱく》の気合いを発しながら、真っ向から唐竹割りの一撃を見舞ってきた。それは気迫に満ちた一閃《いっせん》の早業だった。

これを避《よ》けるには、下から相手の剣をはねあげるか下がる。あるいは横に動くしかない。しかし、彦蔵は木剣を合わせることなく、瞬時にして井芹の懐に飛び込むと、柄《つか》を顎にたたきつけ、離れる間際に右上腕に峻烈《しゅんれつ》な一撃を浴びせた。

顎を砕かれた井芹は、身をのけぞらせ、さらに腕をたたかれた衝撃で、片膝《かたひざ》をつき、そのままどさりと倒れた。口から泡を噴き、ぴくぴくと体を痙攣《けいれん》させた。

道場に静寂が訪れた。新十郎と光太郎は、目をまるくしていた。

表からのどかな売り声が聞こえてきた。

とうふぃ……とうふぃ……。

その声に我に返ったのか、

「それまで。お見事」

と、新十郎が声を発した。

彦蔵は静かに正座して、昏倒《こんとう》している井芹を眺めたあとで、新十郎と光太郎に一礼した。

「あははは、あははは……」

腹を抱えて笑っているのは師範代の光太郎だった。

「図々《ずうずう》しく乗り込んできたのに、帰る様は何とも情けないものでした。わたしの顔をまともに見ることもできず、あの大きな体をまるめて逃げるように帰っていきました」

母屋の座敷に戻ってきた光太郎は、新十郎と彦蔵を交互に見ながらなおも小さく笑った。

「しかし、あれではまともに口も利けぬだろう」

新十郎が満足そうにいう。

「顎もそうでしょうが、右腕は使えなくなっているかもしれません」

彦蔵は口をつけた湯呑《ゆの》みを膝許《ひざもと》に戻した。

「たしかにそうだろう。おそらく腕の骨は折れただけでなく、細かく砕けているかもしれぬ。それにしても松山殿、驚きだ。まさか〝脱〟を会得していたとは……」

新十郎は感心したように彦蔵を見る。

「稽古《けいこ》をしているうちにコツがわかりましたので……」

「稽古の賜《たまもの》であるか。さて、昨日注文があるといったが、礼金のことであろう。そのつもりでちゃんと用意してある」

新十郎はにこやかな笑みを浮かべて、用意していた切餅《きりもち》を差しだした。彦蔵は口辺に笑みをたたえて、その切餅を押し返した。新十郎が驚き顔で見てくる。

「わたしの注文とは、この道場で雇ってもらうことです」

「なに……」

思いもよらぬことだったらしく、新十郎は光太郎と顔を見合わせた。

「そのつもりで今日の助をしたのです。先生は昨日、わたしの注文を呑《の》むと、はっきりおっしゃった。まさか詭弁《きべん》を弄《ろう》されたわけではないと思います。もし、それができないとおっしゃるのであれば、礼金は百両にお願いします」

「なんと……」

光太郎が目をまるくした。彦蔵は笑みを浮かべたまま、返事を待つ。このまま礼金をもらって帰れば、自分は都合よく利用されただけで終わる。いつまでもお人好《ひとよ》しではいけない。ときに図々しくなるのも生きる術《すべ》だと考えたのだ。

「給金は月五両……」

三両に値切られてもかまわないと、それは計算のうちだった。

新十郎はそれまで浮かべていた余裕の笑みをすっかり消し、短く沈思した。それからぽんと膝をたたき、

「よかろう。たしかに、わしは昨日承知したと約束した。それに貴殿の腕はたしかだ。だが、年が若い。いきなり師範代では、市原の体面もあるし、門弟らも戸惑うであろう。副師範代ということでどうだ」

「喜んでお引き受けします」

「先生、よろしいので」

光太郎が狼狽《ろうばい》気味に新十郎を見るが、

「よいではないか、わしはもう耄碌爺《もうろくじじい》だ。これで道場に活気が出ればさいわい。頼もうではないか。では、これより松山彦蔵と呼び捨てにするが、よろしく頼むぞ」

「はは、しかとお受けいたします」

彦蔵は内心で快哉《かいさい》を叫んでいた。

凌宥館を辞した彦蔵は、久しぶりに晴れ晴れとした気分だった。何のつてもなく江戸に出てきたが、ようやくこれで独り立ちできるめどが立ったのだ。ほんの小さなことかもしれないが、彦蔵はやっと自分で道を切り拓《ひら》いたという思いがあった。

しかし、これはほんの序の口で、自分の人生がどう転ぶかはわからない。その道は長く遠いだろうが、しっかり地に足をつけて歩みつづけるのだという思いがあった。

背筋をぴんとのばして歩く彦蔵は、遠くの空を見た。暮れた空にはあわい夕日に染められた雲が浮かんでいた。

解説

細谷正充

今、稲葉稔の代表作が生まれようとしている。生まれたではなく、生まれようとしていると記したのは、まだ本書が刊行されたばかりだからだ。そう、ここから始まるシリーズこそが、作者の代表作になる可能性が大きいのである。それほど素晴らしい、新境地に挑んだ作品なのだ。

すでに本文庫では「酔いどれて候」シリーズが刊行されているので、ご存じの人も多いだろうが、あらためて作者の経歴を紹介しよう。稲葉稔は、一九五五年、熊本県に生まれる。シナリオ・ライター、放送作家を経て、九四年、夥《おびただ》しい詩と画を残して十七歳で夭折《ようせつ》した山田かまちを主人公にした『かまち』で、作家デビューを果たす。九六年には、チベットを舞台にした国際冒険小説『吐蕃風《とばんのかぜ》異聞』を刊行。冒険小説ファンの注目を集めた。これ以後、冒険小説、ハードボイルド、架空戦記小説など、さまざまなジャンルの作品を発表。九八年の『大村益次郎　軍事の天才といわれた男』、九九年の『開化探偵帳　竜馬暗殺からくり』で、歴史・時代小説にも進出した。そして二〇〇二年に出版した『鶴屋南北隠密控』から、文庫書き下ろし時代小説に傾注。〇五年の『裏店《うらだな》とんぼ』から始まる「研ぎ師 人情始末」シリーズがヒットすると、文庫書き下ろし時代小説ブームを支える作家のひとりへと成長する。以後、「酔いどれて候」「さばけ医龍安江戸日記」「剣客船頭」「町火消御用調べ」「影法師冥府《めいふ》葬《おく》り」「よろず屋稼業　早乙女十内」などなど、多数のシリーズを抱えて、順調に作品を発表しているのである。

本書『風塵《ふうじん》の剣』は、そんな作者の新シリーズ第一弾である。ちなみにシリーズ第三弾までは、三ヶ月連続で刊行されるとのこと。作者も出版社も、乗りに乗っているようだ。

浅間山が大噴火した、天明三年七月七日。大井川上流にある一万八千石の小藩・河遠藩に、ひとりの男児が生まれた。勘定方の父の小早川仁之助と、妻の清の間に生まれた第一子は彦蔵と名付けられ、すくすくと成長する。だが、河遠藩は、暗愚な藩主の浪費により、疲弊しきっていた。親友の理不尽な死にも耐え、建議書を提出した仁之助は、藩主の怒りに触れて、妻共々、誅殺《ちゅうさつ》されてしまう。母親から「生き抜きなさい」といわれた彦蔵は、ひとり藩を脱出し、駿河《するが》湾へと出た。とはいえ彦蔵は、まだ五歳。空腹で行き倒れたところを、松山辰兵衛という不思議な浪人者に救われる。辰兵衛の苗字を貰《もら》い、読み書きと剣を習いながら成長していく彦蔵。十七歳のとき、辰兵衛に従い江戸に向かった。しかし途中、悲劇的な出来事が起こり、辰兵衛が死亡。そのとき、辰兵衛の過去を知ることになった。やがて、ひとりで江戸暮らしを始めた彦蔵は、さまざまな人々と出会いながら、自分の人生を模索していく。

浅間山の大噴火の日に生まれた子。この書き出しだけで、ワクワクしてしまう。そういえば、星が流れたとか花が一斉に咲いたなど、歴史上の偉人の誕生には、瑞兆《ずいちょう》が付きものである。それと同じ瑞兆を、彦蔵の誕生に感じる。ただし本書の瑞兆は、多くの人々が死に、天明の飢饉《ききん》の大きな原因となった浅間山の噴火だ。主人公の未来が、けして祝福されるだけではない、波瀾万丈《はらんばんじょう》のものになることを予感させるのである。

事実、彦蔵の人生は、五歳から大荒れだ。理不尽な父母の死。命懸けの逃避行。辰兵衛に拾われ、一時的な平穏を得るが、それも十七歳のときに失う。辰兵衛の死にも、ちょっとした仕掛けがあるのだが、それは読んでのお楽しみ。ストーリーを盛り上げる作者の手練《しゅれん》は、さすがであるとだけいっておこう。

そして彦蔵の江戸暮らしが始まると、いよいよ物語が面白くなっていく。自分の腕前がどれほどのものか知りたくて、「凌宥館」という町道場に乗り込み、剣の奥深さを知る。ちょっとした縁で知り合った桜庭源七郎という浪人に誘われ、危険な仕事に手を染めそうになる。かと思えば、手すさびで描いた絵が、地本問屋の主人の目に留まる。さらに江戸に来たそうそう知り合った茶問屋「伊勢屋《いせ》」の娘のおまきや、「凌宥館」で花嫁修業をしている味噌醤油《みそしょうゆ》問屋「尾張屋」の娘の千春と、気になる女性も登場した。父母の仇《かたき》を討ちたいという願いを胸に秘めているが、彼の人生がどうなっていくのか、まだまだ分からないのだ。

もちろん行く手にあるのは、輝かしい道ばかりではない。桜庭源七郎の一件のように、一歩間違えれば、ダークサイドに落ちる危うさもある。それでも彦蔵は、自分を信じて突っ走っていく。それが青春というものだろう。すべてに体当たりでぶつかっていき、人生を切り拓《ひら》いていく若者の姿は、爽《さわ》やかな魅力に満ちているのである。

さらに彦蔵の生き方に関連して、ふたつの言葉に注目したい。まだ彦蔵が幼い頃、彼の父親の仁之助は妻に向かって、こんなことをいっている。

「己さえ享楽にあずかっていれば、他の者がどんなに苦しみ喘《あえ》いでいようとかまわぬというのであれば、それは人間ではない。人は人があって生きている。人の支えがあって生きている。上に立つ者は、支えている者たちのことを考えてやらねばならぬ。

それが人の道だ」

その一方で、辰兵衛は彦蔵にこんな言葉を残す。

「所詮《しょせん》人間てぇやつァ、てめえだけがよければよいと思っているやつばかりだ。だから、あっさり人の施しを受けるような人間にはなるな。人間はひとりなんだ。ひとりで生きていくしかない。親兄弟だって裏切るのが人の世だ。おれがいなくなったら、おまえはひとりで生きていくしかない。信じられるのは自分だけだ。そのことを忘れるな」

仁之助が理想論ならば、辰兵衛は現実論だ。仁之助の言葉を彦蔵は聞いていないが、幼いながらも父親の生き方を見ていて、感得するところがあったろう。そして辰兵衛の言葉は、ダイレクトに彦蔵の胸に響いている。だから彼は、あまりにもかけ離れた、ふたつの言葉の間に立っているのだ。そんな彦蔵が、さまざまなエピソードを経て、如何《いか》なる人間へと成長していくのか。ここが物語の、大きな読みどころといえよう。と、本書の魅力を綴《つづ》ったところで、なぜ『風塵の剣』が作者の代表作となる可能性が大きいのか、あらためて述べてみたい。とりあえず、たとえで説明してみよう。従来の稲葉時代小説が〝いちご〟なら、本シリーズは〝いちご大福〟なのである。いちごだけでも美味《おい》しいが、いちごを中にいれた大福は、さらに複雑な旨味《うまみ》があるのだ。文庫書き下ろし時代小説は、基本的にエンターテインメントに徹した内容になっている。そこに登場する主人公は、最初から完成されたヒーローであることが、ほとんどだ。状況や人間関係の変化に伴い、主人公も変わっていくが、キャラクターの鋳型は出来上がっている。そんなヒーローの活躍を読むのが、読者の楽しみとなっている。

このような観点から本書の内容を見ると、主人公がいかにしてヒーローになっていくか、その過程を描いた物語と捉《とら》えることができる。江戸に出てきてからのストーリーは、彦蔵が発展途上の若者であることを除けば、従来の文庫書き下ろし時代小説のテイストに近い。あらためていうまでもなく、こうした作品の読みどころであるチャンバラ・シーンも、しっかり書き込まれている。

たとえば彦蔵が、刀を合わせることなく内懐に入る「脱《ぬけ》」という技を会得する場面。「凌宥館」の道場主・堀新十郎と立ち合ったものの「脱」でやられてしまった彦蔵は、この技を自分のものにしようと、ひとり修業に励む。そして、ある事情から真剣での斬り合いをしたとき、卒然と「脱」を会得するのである。うおおお、十七歳でこの強さを誇る彦蔵が、どこまで行くのか。これも見届けずにはいられない、シリーズのポイントだ。

おっと、彦蔵のチャンバラが痛快すぎて、興奮してしまった。このように文庫書き下ろし時代小説のツボを押さえながら、作者はより大きな世界を創ろうとしている。主人公の誕生の瞬間から筆を起こし、数奇な少年時代をじっくりと書き込むことで、池波正太郎の『おとこの秘図』や藤沢周平の『蟬しぐれ』のように、侍の一生を重厚な筆致で活写しようとしているのである。

だから、いちご大福なのだ。典型的な文庫書き下ろし時代小説という〝いちご〟を、主人公の人生という〝餡《あん》と皮〟で包むことにより、多彩な味のハーモニーを堪能《たんのう》できるようにしているのである。

今、稲葉稔の代表作が生まれようとしている。本書の面白さと、内包するポテンシャルを考えれば、代表作が生まれたと断言できる日も、さほど遠くはないだろう。どえらい新シリーズが始まったものだ。

本書は書き下ろしです。

風塵《ふうじん》の剣《けん》(一)

稲葉《いなば》稔《みのる》

角川文庫 17814

平成二十五年二月二十五日　初版発行

発行者―井上伸一郎
発行所―株式会社角川書店
東京都千代田区富士見二―十三―三
電話・編集（〇三）三二三八―八五五五
〒一〇二―八〇七八
発売元―株式会社角川グループパブリッシング
東京都千代田区富士見二―十三―三
電話・営業（〇三）三二三八―八五二一
〒一〇二―八一七七
http://www.kadokawa.co.jp

印刷所―暁印刷　製本所―BBC
装幀者―杉浦康平

本書の無断複製（コピー、スキャン、デジタル化等）並びに無断複製物の譲渡及び配信は、著作権法上での例外を除き禁じられています。また、本書を代行業者等の第三者に依頼して複製する行為は、たとえ個人や家庭内での利用であっても一切認められておりません。
落丁・乱丁本は角川グループ受注センター読者係にお送りください。送料は小社負担でお取り替えいたします。

定価はカバーに明記してあります。

©Minoru INABA 2013　Printed in Japan

い 70-6　ISBN978-4-04-100702-0　C0193

角川文庫発刊に際して

角川源義

第二次世界大戦の敗北は、軍事力の敗北であった以上に、私たちの若い文化力の敗退であった。私たちの文化が戦争に対して如何に無力であり、単なるあだ花に過ぎなかったかを、私たちは身を以て体験し痛感した。西洋近代文化の摂取にとって、明治以後八十年の歳月は決して短かすぎたとは言えない。にもかかわらず、近代文化の伝統を確立し、自由な批判と柔軟な良識に富む文化層として自らを形成することに私たちは失敗して来た。そしてこれは、各層への文化の普及滲透を任務とする出版人の責任でもあった。

一九四五年以来、私たちは再び振出しに戻り、第一歩から踏み出すことを余儀なくされた。これは大きな不幸ではあるが、反面、これまでの混沌・未熟・歪曲の中にあった我が国の文化に秩序と確たる基礎を齎らすためには絶好の機会でもある。角川書店は、このような祖国の文化的危機にあたり、微力をも顧みず再建の礎石たるべき抱負と決意とをもって出発したが、ここに創立以来の念願を果すべく角川文庫を発刊する。これまで刊行されたあらゆる全集叢書文庫類の長所と短所とを検討し、古今東西の不朽の典籍を、良心的編集のもとに、廉価に、そして書架にふさわしい美本として、多くのひとびとに提供しようとする。しかし私たちは徒らに百科全書的な知識のジレッタントを作ることを目的とせず、あくまで祖国の文化に秩序と再建への道を示し、この文庫を角川書店の栄ある事業として、今後永久に継続発展せしめ、学芸と教養との殿堂として大成せんことを期したい。多くの読書子の愛情ある忠言と支持とによって、この希望と抱負とを完遂せしめられんことを願う。

一九四九年五月三日

角川文庫ベストセラー

酔いどれて候
酔眼の剣
稲葉　稔

曾路里新兵衛は三度の飯より酒が好き。普段はだらしないこの男、実は酔うと冴え渡る「酔眼の剣」の遣い手だった！　金が底をついた新兵衛は、金策のため岡っ引き・伝七の辻斬り探索を手伝うが……。

酔いどれて候2
凄腕の男
稲葉　稔

浪人・曾路里新兵衛は、ある日岡っ引きの伝七に呼び出される。暴れている女やくざを何とかしてほしいというのだ。女から事情を聞いた新兵衛は……秘剣「酔眼の剣」を遣い悪を討つ、大人気シリーズ第2弾！

酔いどれて候3
秘剣の辻
稲葉　稔

江戸を追放となった暴れん坊、双三郎が戻ってきた。岡っ引きの伝七から双三郎の見張りを依頼された新兵衛は……酔うと冴え渡る秘剣「酔眼の剣」を操る新兵衛が、弱きを助け悪を挫く人気シリーズ第3弾！

酔いどれて候4
武士の一言
稲葉　稔

浅草裏を歩いていた曾路里新兵衛は、畑を耕す見慣れない男を目に留めた。その男の動きは、百姓のそれではない。立ち去ろうとした新兵衛はその男に呼び止められ、なんと敵討ちの立ち会いを引き受けることに。

酔いどれて候5
侍の大義
稲葉　稔

苦情を言う町人を説得するという普請下奉行の使い・次郎左、さらに飾り職人殺し捜査をする岡っ引き・伝七の助働きもすることになった曾路里新兵衛。なぜか繋がりを見せる二つの事態。その裏には——。

角川文庫ベストセラー

妻は、くノ一 全十巻
風野真知雄

平戸藩の御船手方書物天文係の雙星彦馬は藩きっての変わり者。その彼のもとに清楚な美人、織江が嫁に来た⁉ だが織江はすぐに失踪。彦馬は妻を探しに江戸へ向かう。実は織江は、凄腕のくノ一だったのだ！

姫は、三十一
風野真知雄

平戸藩の江戸屋敷に住む清湖姫は、微妙なお年頃のお姫様。市井に出歩き町角で起こる不思議な出来事を調べるのが好き。この年になって急に、素敵な男性が次々と現れて……恋に事件に、花のお江戸を駆け巡る！

恋は愚かと
姫は、三十一2

風野真知雄

赤穂浪士を預かった大名家で発見された奇妙な文献。そこには討ち入りに関わる驚愕の新事実が記されていた。さらにその記述にまつわる殺人事件も発生。右往左往する静湖姫の前に、また素敵な男性が現れて——。

君微笑めば
姫は、三十一3

風野真知雄

謎の書き置きを残し、駆け落ちした姫さま。豪商〈薩摩屋〉から、奇妙な手口で大金を盗んだ義賊・怪盗一寸小僧。モテ年到来の静湖姫が、江戸を賑わす謎を追う！ 大人気書き下ろしシリーズ第三弾！

妖かし斬り
四十郎化け物始末1

風野真知雄

鳥につきまとわれているため〝からす四十郎〟と綽名される浪人・月村四十郎。ある日病気の妻の薬を買うため、用心棒仲間も嫌がる化け物退治を引き受ける。油問屋に巨大な人魂が出るというのだが……。

角川文庫ベストセラー

四十郎化け物始末2
百鬼斬り
風野真知雄

借金返済のため、いやいやながらも化け物退治を引き受けるうちに有名になってしまった浪人・月村四十郎。ある日そば屋に毎夜現れる閻魔を退治してほしいとの依頼が……人気著者が放つ、シリーズ第2弾！

四十郎化け物始末3
幻魔斬り
風野真知雄

礼金のよい化け物退治をこなしても、いっこうに借金の減らない四十郎。その四十郎にまた新たな化け物退治の依頼が舞い込んだ。医院の入院患者が、一夜にして骸骨になったというのだ。四十郎の運命やいかに！

あっぱれ毬谷慎十郎
坂岡真

慎十郎は、まだ若いながら剣の使い手でめっぽう強い。しかも豪快で奔放、束縛されることが大嫌い。そのため父に勘当され、播州を飛び出し江戸にやってきた。そんな彼に、時の老中・脇坂安董が目をつけて⁉

あっぱれ毬谷慎十郎2
命に代えても
坂岡真

丹波一徹とその孫娘・咲の道場に居候中の、若き豪腕侍・慎十郎。真っ正直で型破りな慎十郎は、西ノ丸の大奥を取りしきる老女霧島と、伽羅の香をめぐる陰謀にかかわることに……⁉

あっぱれ毬谷慎十郎3
獅子身中の虫
坂岡真

老中・脇坂は、仙台藩で抜け荷を巡る不正があるらしいこと、それを探っていた間者が薩摩の刺客に惨殺されたことを知らされる。一方、慎十郎はその頃、無宿人狩りに巻き込まれ人足寄場に送られていた。

角川文庫ベストセラー

流想十郎蝴蝶剣　鳥羽　亮

花見の帰り、品川宿近くで武士団に襲われた姫君一行を救った流想十郎。行きがかりから護衛を引き受け、小藩の抗争に巻き込まれる。出生の秘密を背負い無敵の剣を振るう、流想十郎シリーズ第1弾、書き下ろし！

剣花舞う　流想十郎蝴蝶剣　鳥羽　亮

流想十郎が住み込む料理屋・清洲屋の前で、乱闘騒ぎが起こった。襲われた出羽・滝野藩士の田崎十太郎とその姪を助けた想十郎は、藩内抗争に絡む敵討ちの助太刀を求められる。書き下ろしシリーズ第2弾。

舞首　流想十郎蝴蝶剣　鳥羽　亮

大川端で辻斬りがあった。首が刎ねられ、血を撒き散らしながら舞うようにして殺されたという。惨たらしい殺し方は手練の仕業に違いない。その剣法に興味を覚えた想十郎は事件に関わることに。シリーズ第3弾。

恋蛍　流想十郎蝴蝶剣　鳥羽　亮

人違いから、女剣士・ふさに立ち合いを挑まれた流想十郎は、逆に武士団の襲撃からふさを救うことになり、出羽・倉田藩の藩内抗争に巻き込まれる。恐るべき殺人剣が想十郎に迫る！　書き下ろしシリーズ第4弾。

愛姫受難　流想十郎蝴蝶剣　鳥羽　亮

目付の家臣が斬殺され、流想十郎は下手人の始末を依頼される。幕閣の要職にある牧田家の姫君の輿入れを妨害する動きとの関連があることを摑んだ想十郎は、居合集団・千島一党との闘いに挑む。シリーズ第5弾。

角川文庫ベストセラー

双鬼の剣 流想十郎蝴蝶剣
鳥羽　亮

大川端で遭遇した武士団の斬り合いに、傍観を決め込もうとした想十郎だったが、連れの田崎が劣勢の側に助太刀に入ったことで、藩政改革をめぐる遠江・江島藩の抗争に巻き込まれる。書き下ろしシリーズ第6弾。

蝶と稲妻 流想十郎蝴蝶剣
鳥羽　亮

剣の腕を見込まれ、料理屋の用心棒として住み込む剣士・流想十郎には出生の秘密がある。それが、他人との関わりを嫌う理由でもあったが、父・水野忠邦が会いたがっていると聞かされる。想十郎最後の事件。

雲竜 火盗改鬼与力
鳥羽　亮

町奉行とは別に置かれた「火付盗賊改方」略称「火盗改」は、その強大な権限と広域の取締りで凶悪犯たちを追い詰めた。与力・雲井竜之介が、5人の密偵を潜らせ事件を追う。書き下ろしシリーズ第1弾！

闇の梟 火盗改鬼与力
鳥羽　亮

吉原近くで斬られた男は、火盗改同心・風間の密偵だった。密偵は、死者を出さない手口の「梟党」と呼ばれる盗賊を探っていたが、太刀筋は武士のものと思われた。与力・雲井竜之介が謎に挑む。シリーズ第2弾。

乾山晩愁
葉室　麟

天才絵師の名をほしいままにした兄・尾形光琳が没して以来、尾形乾山は陶工としての限界に悩む。在りし日の兄を思い、晩年の「花籠図」に苦悩を昇華させるまでを描く歴史文学賞受賞の表題作など、珠玉5篇。

角川文庫ベストセラー

実朝の首　葉室　麟

将軍・源実朝が鶴岡八幡宮で殺され、討った公暁も三浦義村に斬られた。実朝の首級を託された公暁の従者が一人逃れるが、消えた「首」奪還をめぐり、朝廷も巻き込んだ駆け引きが始まる。尼将軍・政子の深謀とは。

秋月記　葉室　麟

筑前の小藩、秋月藩で、専横を極める家老への不満が高まっていた。間小四郎は仲間の藩士たちと共に糾弾に立ち上がり、その排除に成功する。が、その背後には本藩・福岡藩の策謀が。武士の矜持を描く時代長編。

風祭　平岩弓枝

莫大な財産を相続した新倉三重子は、十年ぶりに再会した佐和木と結婚。佐和木には二度の結婚歴があり、前妻はどちらも事故死、そして彼女の周辺にも恐ろしい事件が持ち上がる。国際色豊かに描くミステリ。

ちっちゃなかみさん　新装版　平岩弓枝

向島で三代続いた料理屋の一人娘・お京も二十歳、数々の縁談が舞い込むが心に決めた相手がいた。相手はかつぎ豆腐売りの信吉。驚く親たちだったが、なんと信吉から断わられ……豊かな江戸人情を描く計10編。

湯の宿の女　新装版　平岩弓枝

仲居としてきよ子がひっそり働く草津温泉の旅館に、一人の男が現れる。殺してしまいたいほど好きだったその男、23年前に別れた奥村だった。表題作をはじめ男と女が奏でる愛の短編計10編、読みやすい新装改版。

角川文庫ベストセラー

密通　新装版　平岩弓枝

若き日、嫂と犯した密通の古傷が、名を成した今も自分を苦しめる。驕慢な心は、ついに妻を験そうとするが……表題作「密通」のほか、男女の揺れる想いや江戸の人情を細やかに描いた珠玉の時代小説8作品。

江戸の娘　新装版　平岩弓枝

花の季節、花見客を乗せた乗合船で、料亭の蔵前小町と旗本の次男坊は出会った。幕末、時代の荒波が、恋に落ちた二人をのみ込んでいく……「御宿かわせみ」の原点ともいうべき表題作をはじめ、計7編を収録。

千姫様　平岩弓枝

家康の継嗣・秀忠と、信長の姪・江与の間に生まれた千姫は、政略により幼くして豊臣秀頼に嫁ぐが、18の春、祖父の大坂総攻撃で城を逃れた。千姫第二の人生の始まりだった。その情熱溢れる生涯を描く長編小説。

黒い扇（上）（下）　新装版　平岩弓枝

日本舞踊茜流家元、茜ますみの周辺で起きた3つの不審な死。茜ますみの弟子で、銀座の料亭の娘・八千代は、師匠に原因があると睨み、恋人と共に、華麗な世界の裏に潜む「黒い扇」の謎に迫る。傑作ミステリ。

大奥華伝　平岩弓枝・永井路子・松本清張・山田風太郎他　編／縄田一男

杉本苑子「春日局」、海音寺潮五郎「お万の方旋風」「矢島の局の明暗」、山田風太郎「元禄おさめの方」、平岩弓枝「絵島の恋」、笹沢左保「女人は二度死ぬ」、松本清張「天保の初もの」、永井路子「天璋院」を収録。

角川文庫ベストセラー

山流し、さればこそ　諸田玲子

寛政年間、数馬は同僚の奸計により、「山流し」と忌避される甲府勝手小普請へ転出を命じられる。甲府は城下の繁栄とは裏腹に武士の風紀は乱れ、数馬も盗賊騒ぎに巻き込まれる。逆境の生き方を問う時代長編。

めおと　諸田玲子

小藩の江戸詰め藩士、倉田家に突然現れた女。若き当主・勇之助の腹違いの妹だというが、妻の幸江は疑念を抱く。「江戸棲の女」他、男女・夫婦のかたちを描く全6編。人気作家の原点、オリジナル時代短編集。

青嵐　諸田玲子

最後の侠客・清水次郎長のもとに2人の松吉がいた。一の子分で森の石松こと三州の松吉と、相撲取り顔負けの巨体で豚松と呼ばれた三保の松吉。互いに認め合う2人に、幕末の苛烈な運命が待ち受けていた。

道三堀のさくら　山本一力

道三堀から深川へ、水を届ける「水売り」の龍太郎には、蕎麦屋の娘おあきという許嫁がいた。日本橋の大店が蕎麦屋を出すと聞き、二人は美味い水造りのため力を合わせるが。江戸の「志」を描く長編時代小説。

ほうき星（上）（下）　山本一力

江戸の夜空にハレー彗星が輝いた天保6年、江戸・深川に生をうけた娘・さち。下町の人情に包まれて育つ彼女を、思いがけない不幸が襲うが。ほうき星の運命の下、人生を切り拓いた娘の物語、感動の時代長編。

エンタテインメント性にあふれた
新しいホラー小説を、幅広く募集します。

日本ホラー小説大賞

作品募集中!!

大賞 賞金500万円

●日本ホラー小説大賞

賞金500万円

応募作の中からもっとも優れた作品に授与されます。

受賞作は角川書店より単行本として刊行されます。

●日本ホラー小説大賞読者賞

一般から選ばれたモニター審査員によって、もっとも多く支持された作品に与えられる賞です。

受賞作は角川ホラー文庫より刊行されます。

対象

原稿用紙150枚以上650枚以内の、広義のホラー小説。

ただし未発表の作品に限ります。年齢・プロアマは不問です。

HPからの応募も可能です。

詳しくは、http://www.kadokawa.co.jp/contest/horror/でご確認ください。

主催 株式会社角川書店

横溝正史ミステリ大賞
YOKOMIZO SEISHI MYSTERY AWARD

作品募集中!!

エンタテインメントの魅力あふれる
力強いミステリ小説を募集します。

大賞 賞金400万円

●横溝正史ミステリ大賞

大賞：金田一耕助像、副賞として賞金400万円
受賞作は角川書店より単行本として刊行されます。

対 象

原稿用紙350枚以上800枚以内の広義のミステリ小説。
ただし自作未発表の作品に限ります。HPからの応募も可能です。
詳しくは、http://www.kadokawa.co.jp/contest/yokomizo/
でご確認ください。

主催 株式会社角川書店